함께 나누고 싶은 마음과 MOM이야기

이런 맘 저런 맘

함께 나누고 싶은 마음과 MOM이야기

이런 맘 저런 맘

심정화 김지수 지정민
최정심 박은조 김은성

생각나눔

이런 맘(MOM), 저런 맘(MOM)들과…

그녀들을 만난 건 '행복은 사람과의 관계'라는 말에 증거 같은 거였다.

2019년 4월, 쌀쌀한 꽃샘추위가 봄을 시샘하던 그때 우리는 서울시교육청 학부모대학의 '학부모책' 과정을 통해 처음 만났다. 나는 학부모책 과정을 기획하고 운영했던 강사로서 첫날부터 마지막 날까지 그녀들의 변화와 성장을 온전히 기억하고 있다. 누군가는 과정의 내용을 알고 참여했고, 누군가는 과정의 내용과는 무관하게 학부모로서의 답답함을 해소해 보고자 참여하였었다. 학부모책이란 서울시교육청이 운영하는 학부모 교육 프로그램의 일환으로 자녀를 키우면서 겪었던 시행착오, 고충 등의 경험을 공유하고 지혜를 전달하고자 선배 학부모가 한 권의 '학부모책'이 되어 다른 학부모들과 함께 자유롭게 대화하는 새로운 방식의 학부모 교육이다. 내가 운영했던 학부모책 과정은 참여 학부모들이 스스로 본인이 '학부모책'임을 알아차리고 자신의 이야기를 풀어낼 수 있도록 함께 상호작용하는 학부모 성장교육이었다. 이 과정에 9기로 참여했던 그녀들은 만개하는 정독도서관의 벚꽃처럼 서로의 이야기에 함께 웃고, 함께 울며, 함께 변화했고, 함께 성장하였다.

사실 우리의 만남은 우리가 학부모였기에 가능했다. 결혼을 했든 안 했든 간에 아이를 낳아 엄마가 되고, 그 아이가 학교에 다니면 우리는 학부모가 된다. 세상의 모든 여자는 아이를 낳는 순간 엄마기에 돌입한다. 누군가는 단단한 준비를 하고 엄마가 되었을 테지만, 또 누군가는 우연인 듯 준비 없이 엄마가 되기도 한다.

그렇게 엄마가 되어 엄마기를 시작한 우리들….

처음 해보는 엄마 역할에, 초보 엄마는 하나에서 열까지 낯설고 어렵기만 하다. 그럼에도 엄마로서 행복하고, 엄마여서 감동하는 순간들이 우리를 살아가게 하였고 성장하게 하였다. 아이들의 성장기는 엄마들의 성장기로 이어진다. 자녀가 영·유아기에서 아동기, 사춘기, 후기청소년기로 성장할 때, 엄마는 쌩초맘기에서 밀착기, 오춘기를 거쳐 소진기로 접어든다. 물론 누구나 다 이에 해당하는 것은 아니지만 내가 만난 많은 엄마들이 이러하였다. 쌩초맘기에 엄마는 예쁨을, 소중함을, 행복함을 느끼지만 동시에 우울하고 분노하며 답답하고 미안하다. 이 시기 엄마는 모성과 결혼에 대한 부담감과 회의감이 시시때때로 떠올라 스스로 참 많이 힘이 든다. 그래서 이 시기에 어떻게 지나가야 하는지 선배 맘들의 다양한 경험담과 지혜담이 약으로 필요하다.

밀착기의 엄마는 자녀를 자신과 동일시하는 경향을 보인다. 자녀를 자신의 분신인 듯 키우고 만들어 간다고 해야 할까? 이 시기 엄마는 바쁘다. 자녀의 친구 엄마들과 친구가 되며 세상을 아이와 같은 눈으로 보려고 하고 실제 그렇게 살아간다. 오춘기에 접어들면 엄마는 사춘기 자녀와 전략 없는 전쟁을 치르게 된다. 이론과 현실 사이에서 자녀와 갈등을 겪으며, 계획 성장이 되지 않는 자녀로 인해 부모 역할을 배우며, 관계를 공부하며, 삶을 돌아보는 성장을 하게 된다. 그리고 맞이하는 엄마 소진기. 이 시기 엄마는 자녀와의 심리적 거리두기를 배우며 그 거리 만큼 자신에게 집중하게 된다. 엄마 마음에 바람이 부는 것이다. '나는 무엇일까?', '나는 무엇을 할 수 있을까?'

이 글을 함께 쓰는 '이저맘'들은 엄마 오춘기와 소진기에 만나 서로가 서로에게 책이 되어 주었다. 엄마기의 어려움과 힘듦에 약이 되어 주었으며, 자녀를 키우는 현명함을 나누었다. 비움을 채우고, 채움을 나누며 배움으로 성장하였다. 그리고 무엇보다 '행복함'을 실천하게 되었다.

여기에 모인 글들은 그 행복함을 발견해 가는 고백 글인 듯하다.

'이저맘'들의 향기를 담뿍 담은 엄마기의 비슷한 듯 다른 고백 글.

이 고백은 6인의 '이저맘'들이 여러분에게 청하는 대화이다.

한 권으로, 종이책으로 들어주기를 부탁하는 학부모책이다.

나의 동인이자 친구이며, 제자이기도 한 이런 맘, 저런 맘들의 용기와 노력에 아낌없는 박수를 보낸다.

숨 한 번으로 읽어내려갈 수 있는 고백이기에, 마음이 담긴 고백이기에, 소중한 삶의 여정이기에 웃음과 눈물로 읽기를 마중한다. '수고 많았습니다.'

맘&C상담교육연구소 소장 김미숙

| 목차 |

심정화 ■■■▥

세상 풍파에 끄떡없는 맷집 좋은 아이로 키우고 싶었던 엄마가 아이에게는 커다란 산 같았답니다. 때로는 방향을 잃고 헤맬 때 가운데 우뚝 솟아 이정표가 되어주는 높은 산으로, 때로는 시원한 바람 맞으며 잠시 쉬어갈 수 있는 나지막한 뒷동산으로 두 딸에게 언제나 힘이 되어주고 싶은 엄마입니다.

내 인생의 한가운데
「엄마기」 이야기

엄마가 되다

임신테스트기의 빨간 두 줄을 확인했을 때 제일 처음 들었던 생각은 '이제 어떡하지?'였다. 계획했던 임신이었는데도 감격스럽고 행복하기보다는 낯설고 당황스러웠다. 근무 중 점심시간에 잠깐 다녀온 산부인과에서 "축하합니다. 임신 5주째네요." 하는 의사의 말을 들었을 때도, 까만 주머니 안에 희끄무레한 콩알 모양의 형체를 내 눈으로 직접 확인한 후에도 기쁘기보다는 그저 얼떨떨할 뿐이었다. '난 이제 앞으로 어떻게 되는 거지? 회사에는 어떻게 말을 해야 하나?' 하는 생각으로 혼란스러웠다. 그리고 열 달 동안 점점 눈사람처럼 변해가는 낯선 내 모습과 회사 사람들의 껄끄러운 시선, 무거운 몸으로 매일 왕복 세 시간을 지하철에 매달려 다녀야 하는 고달픔은 고스란히 나 혼자 감당해야 할 몫이었고, 지금도 그다지 행복했던 기억으로 남아있지 않다.

아이를 낳으면 저절로 모성애가 생기는 줄 알았는데 나는 좀 다른 거 같았다. 아이가 건강하게 태어나기를 바라면서도 자연분만으로 출산하는 것이 감동스럽기 보다는 동물의 왕국에서 보았던 어미 말의 새끼 낳는 모습이 떠오르며 동물처럼 느껴져 거부감이 들었다. 몸조리하는 동안에도 아이에 대한 가슴 벅찬 마음보다 자유롭게 움직일 수 없는 내 몸 상태와 시도 때도 없이 젖을 먹여야 하는 낯선 상황이 몹시 불편했고 이런 감정을 나 스스로도 이해할 수 없어 힘들었다. 임신과 출산과정에서 겪게 되는 여러 가지 감정변화들을 사전에 아무도 알려주지 않아 나는 내가 유별나고 모성애가 부족한 사람이라고 자책했다. 그래서 나는 지금도 가임기 여성들뿐만 아니라 남성들에게도 부모가 되기 전 임신과 육아에 관한 교육이 반드시 필요하다고 생각한다.

3주 동안의 출산휴가를 마치고 아이를 친정에 맡긴 채 다시 출근을 했다. 친정이 지방이라서 주말에만 내려가서 아이를 볼 수 있었는데, 아직 뭐가 뭔지도 모르는 아이는 할머니 할아버지의 보살핌 속에 무럭무럭 잘 자라고 있었지만, 일주일에 한 번 보는 아이가 내 눈에는 늘 안쓰러워 보였고, 병든 할머니까지 모시고 있는 친정엄마에게 아이를 맡기는 것이 죄송스러워 결국 직장을 그만두었다.

전업주부로서의 생활은 그리 녹록하지 않았다. 하루 종일 아이를 먹이고 씻기고 놀아주다 보면 어느새 밤이 되었고, 나는 늘 지쳐있었다. 불행인지 다행인지 잘 다니던 직장을 그만두고 유학을 떠난 남편 때문에 다시 아이와 친정에 들어가 그 후 일 년 반 동안은 부모님과 육아를 나눌 수 있었다. 나 혼자 온전히 아이를 책임진 시간은 5개월 정도밖에 되지 않았지만 정말 힘든 시간이었다.

남편의 유학은 나에게도 기회인 줄 알았다. 떠나기 전 나도 함께 공부할 수 있을 거라는 남편의 달콤한 말에 어학원까지 다니며 준비를 했는데, 막상 가보니 빠듯한 형편에 책임져야 하는 아이가 있는 나에게 현실적으로 공부는 언감생심 넘볼 수 없는 일이었다. 뭐라도 해보고 싶은 마음에 일찌감치 아이를 어린이집에 맡겨보려 했지만, 생김새가 다른 낯선 사람들 속에서 아이는 쉽게 적응하지 못했다. 보통 일주일이면 엄마에게서 떨어져 적응하는 다른 아이들과 다르게 내 아이는 석 달 동안 나를 붙잡고 놔주지 않았다. 아이가 빨리 적응할 수 있도록 울더라도 엄마와 떼어놓았으면 싶었지만, 그곳 방침은 아이가 자연스럽게 적응할 때까지 엄마가 옆에 함께 있도록 하였다. 매일 집에 돌아와서는 아이에게 왜 나한테서 떨어지지 못하는지 윽박지르고 야단을 쳐서 결국에는 아이를 울리고 나도 같이 울었다.

결국, 함께 공부하겠다는 꿈을 접고 하루빨리 남편 공부가 끝나 한국으로 돌아갈 날만 기다렸다. 남편의 공부가 거의 마무리되어 가던 때, 아이도 다섯 살이 되었고 나도 이제 돌아가면 새로운 일을 시작하리라 잔뜩 기대하고 있었는데 덜컥 둘째가 생겼다. 늘 마음속으로는 둘째를 원했어도 유학생 신분으로 욕심낼 수 없었던 남편은 아이가 생기자 너무 기뻐했지만 나는 절망스러웠다. 물론 지금은 세상 둘도 없는 소중하고 사랑스러운 아이지만, 그때는 나를 세상 밖으로 나가지 못하도록 붙잡는 달갑지 않은 존재인 것 같아 원망스러웠다. 그렇게 나는 두 아이의 엄마가 되었다.

'엄마'라고 불리는 게 여전히 낯설게 느껴지던 어느 여름날 밤의 기억이 떠오른다. TV 불빛만 비추는 거실 한가운데 이부자리를 넓게 펴고 아이 둘을 나란히 뉘어 재우며 남편이 돌아오기를 기다리고 있던 그때, 천사 같은 모습으로 잠들어 있는 두 아이를 보는데 덜컥 겁이 났다. '아무것도 모르는 아이들이 나를 믿고 저렇게 편안하게 잠을 자는구나. 저 애들에게는 내가 세상의 전부겠지? 과연 내가 저 아이들을 끝까지 잘 키울 수 있을까?' 그때까지

한 번도 경험하시 못했던 밀로 표현하기 힘든 막막히고 벅찬 감정
이 차올라 혼자 꺼이꺼이 한참을 울었다. 내가 '엄마'임이 가슴 깊
이 새겨지는 순간이었다.

열혈 엄마와 치맛바람

큰아이가 초등학교에 입학할 때의 내 나이가 서른일곱, 작은 아이 때는 마흔두 살이었다. 지금은 결혼을 늦게 하고 아이도 늦게 낳아 그 나이도 그리 많은 나이가 아니지만, 그때는 많은 편에 속했다. 특히 작은 아이 친구의 엄마들과 비교하면 내 나이가 적게는 두세 살에서 많게는 아홉 살까지도 차이가 났다. 아이를 키우면서는 아이 친구가 곧 엄마 친구로 이어지는지라 나보다 한참 어린 다른 학부모들과 잘 어울릴 수 있을까 살짝 걱정스러웠다.

큰아이를 초등학교에 입학시키고 다섯 살 터울의 어린 둘째를 데리고 학부모총회며 급식당번이며 교실 청소며 운동회며 참 열심히도 쫓아다녔다. 그런데 늘 아기를 데리고 다니는 내가 안쓰러웠는지 다른 엄마들이 학급 일에서 나를 많이 제외했다. 엄미기 학교 일에 적극적으로 나서야 아이가 담임 선생님께 예쁨 받는다고 들어왔던 터라 다른 엄마들의 배려가 달갑지 않았다.

뭔가 나만의 차별화된 정성이 필요하던 때 기회가 찾아왔다. 나와 급식당번이었던 다른 엄마가 갑자기 펑크를 내어 곤란해졌는데 마침 오전에 시간을 내어 둘째를 돌보고 있던 남편을 불러내 함께 배식을 하고 교실 청소까지 한 것이다. 보기 드물게 아빠가 와서 밥을 나눠주고 청소를 해주니 담임 선생님도 몸 둘 바를 몰라 하셨고, 아이들도 신기해했다. 그야말로 눈도장을 제대로 찍은 것이다. 그리고 아빠가 급식당번을 했다는 소문은 좁은 동네에 반나절 만에 퍼졌고, 만나는 사람들마다 아는 체를 했다. 그 후 다른 아빠들도 종종 학교에 와서 함께 봉사를 하곤 했는데 이유야 어찌 되었든 아빠들도 학교 일에 함께 참여할 수 있는 길을 열어 놓은 계기가 되었다.

첫째의 초등학교 입학을 이미 경험해봐서 둘째의 입학에는 별 감흥이 없었다. 늦은 나이에 초등생 학부모가 다시 되는 것이니 조용히 한발 물러서서 지켜보리라 생각했었는데, 입학식 날 담임 선생님의 범상치 않은 포스 때문에 나의 고군분투가 또 시작되었다. 역시나 학부모총회 때의 우리 반 엄마들은 정말 적극적이었다. 학부모회를 구성하는데 다른 반은 정해진 인원 네 명을 채우기도 힘들었다는데, 우리 반은 자진해서 나서는 사람이 열한 명이나 되었고, 나도 가만히 있으면 안 되겠다 싶어 결국 마지막 한자리를 차지했다.

사실 내가 아이들의 학교 일에 이렇게 신경 쓰는 이유는 내 어릴 적 기억 때문이다. 초등학교 일 학년 때, 그때만 해도 대놓고 촌지를 요구하는 선생님들이 한 학교에 꼭 몇 분씩 계셨다. 그리고 우리 반 담임 선생님이 그 중 대표적인 분이셨다. 먹고살기 바빠 자녀들 학교에 잘 가지 못하던 부모님들이 많던 시절이었는데 우리 엄마는 입학식부터 그 후 일주일 정도의 적응 기간 동안 아침마다 나를 학교에 데려다주셨다. 담임 선생님이 보시기에 충분히 기대해 볼 만한 학부모였던 것이다. 하지만 우리 엄마가 그런 기대에 못 미치자 선생님은 나를 대놓고 구박하시기 시작했다. 분명 입학식 때 제일 좋은 자리에 앉았었는데 아무 이유 없이 구석진 출입문 옆자리로 내 자리를 옮겨버리셨고, 복도에서 여러 명이 같이 뛰었는데도 유독 나만 앞에 불러 세워 반 아이들이 모두 지켜보는 데서 야단을 치셨다. 학교에 가기 싫다며 매일 아침 울고 애를 먹이는 나를 엄마는 어르고 달래고 다그치다가 나중에 그 이유를 알고서는 어느 날 저녁을 드시던 아버지께 조심스럽게 촌지 얘기를 *써*내셨다. 예진이나 지금이나 대쪽 같은 성격이신 아버지는 그날 저녁 밥상을 뒤집어엎으셨다. "여자가 할 일 없어 치맛바람이나 일으키고 다니려고 하느냐?" 그날 아버지의 그 크고 무서웠던 목소리는 지금까지도 또렷이 내 기억 속에 남아있다. 결국, 엄마는 아버지의 기세에 눌려 가슴앓이를 하면서 나를 지켜보셔야만 했고, 나는 그렇게 한 학기 동안 온갖 구박을 받다가 2학기에 분반이 되면서 다른 반으로 쫓겨났다. 그날 밤 아버지에게서 처음 들어본 '치맛바람'이라는 단어는 내 머릿속에 깊게 박혀 학부모 졸업을 몇 개월 앞둔 지금까지도 아이의 학교에 가는 걸 늘 망설이게 한다. 그리고 가끔 그때 내가 부모였다면 난 어떻게 했을까 생각해보곤 한다. 분명 잘못된 일이라는 건 알지만 고통받고 있는 아이를 생각하면 끝까지 양심을 지키기는 어려웠을 것 같다. 그런 의미에서 우리 부모님이 원망스러우면서도 존경스럽다.

둘째의 학부모회 활동에서 나는 아웃사이더였다. 대부분이 첫째 엄마들이었고 한참 젊은 엄마들이었기에 내가 힘에 부칠 만큼 지나치게 적극적이었다. 사공이 많아 배는 늘 산으로 갔고, 말도 많고 탈도 많아 결국 한 학기가 끝나갈 무렵 모임은 둘로 갈라졌다. 학력 수준이 높아진 우리 세대 엄마들이 육아 때문에 어쩔 수 없이 사회에서 물러나 있다가 아이를 초등학교에 입학시키면서 학부모들의 모임으로 새로운 사회생활을 시작하려고 하는 것 같 았다. 아이들을 위해서라기보다는 그동안 자신의 목소리를 낼 수 있는 곳을 찾다가 드디어 찾아낸 곳이 아이의 학교였고, 학창시절 남보다 앞서야 성공한다는 교육을 받아온 우리 세대가 부모가 되 면서 아이들도 그렇게 키우려고 지나치게 조바심을 내는 것으로 보였다.

그런데 열혈 엄마들을 바라보는 나의 시선이 어릴 적 기억 때문 에 많이 비틀어져 있었음을 10여 년이 훨씬 지난 뒤에 깨달았다. 아이들을 잘 키우고 싶어 참여한 학부모교육에서 만난 엄마들은 대부분 학교 일에 적극적으로 참여하는 사람들이었다. 그리고 그 들과 함께 참교육과 바람직한 부모상에 관한 이야기를 나누면서 그들 대부분이 진심으로 아이들을 위하고 바른 교육을 위해 기꺼 이 자신의 시간과 노력을 들여 봉사하고 있음을 알게 되었다. 한 아이를 키우려면 온 마을이 함께 해야 하듯 앞장서서 나서주는 많은 학부모들 덕분에 우리 아이도 더불어 잘 자랄 수 있었음을 깨달았고 감사했다.

임원 선거

첫째 아이는 '사회성 영재'다. 사회성에도 영재라는 단어를 붙이는 게 맞는 표현인지는 모르겠지만 어쨌든 어려서부터 다른 사람들과 관계를 맺는 데 탁월한 재주가 있는 듯 주변에는 늘 친구들이 많았고 친구들 사이에서 인기도 많았다. 그렇다 보니 매 학년 학급 임원을 도맡아 했고 나도 덩달아서 바빠졌다. 아이한테는 뒷바라지가 힘드니 임원을 그만하라고 하면서도 리더십이 있는 아이 덕분에 학부모들 사이에서 내 존재감도 돋보이는 것 같아 내심 흐뭇했다.

그런데 6학년 때 같은 반에 강력한 라이벌이 등장했다. 공부도 잘하고 얼굴도 예쁘고 성격도 좋아 우리 아이 못지않게 인기가 많은 아이였다. 우리 아이는 자신이 없었는지 임원 선거를 며칠 앞두고 선거에 나가지 않겠다고 했다. 그동안 하지 말라고 말해왔으면서도 막상 안 나가겠다고 하니 부딪쳐보지도 않고 포기하는 것 같아 못마땅했다. 그래서 아이에게 해보지도 않고 포기하는 건 비겁한 거라는 둥, 선거가 치러지는 그 시간 동안 너는 남들에게 박수나 쳐주는 구경꾼에 불과한 거라는 둥, 별의별 말들을 다하며 아이를 몰아세웠다. 결국, 학급 회장은 그 친구가 되었다. 그리고 당시 학교 규정에 따라 각 반의 회장들만 전교 회장 선거에 나갈 수 있었고 그 친구는 전교 회장 선거까지 나가게 되었다.

초등학교의 전교 회장 선거는 거의 국회의원 선거 못지않았다. 후보는 그럴싸한 공약을 내걸고 선거운동원들이 아침마다 교문 앞에 서서 구호를 외치고 각반마다 돌아다니며 유세를 하고, 그야말로 며칠 동안 학교가 시끌벅적했다. 우리 아이도 그 선거운동원 중의 한 명이었다. 자신이 없어 학급 임원 선거도 나가지 않았던 아이가 학원을 빠져가며 친구의 선거운동에 발 벗고 나서는 모습을 보자니 약이 올랐다. "너는 자존심도 없니? 학급 임원 선거도 구경이나 하더니 이제는 친구 선거에 들러리 서느라고 학원도 빼먹고 참 실속 없다." 나는 아이한테 내 분풀이를 했다. 그런데 가만히 듣고만 있던 아이가 이렇게 말했다. "엄마, 나도 선거에 나갔었어. 그리고 친구가 도와달라는데 어떻게 안 도와줘. 대신에

선기 끝나고 걔네 엄마가 맛있는 거 사주신다고 오라고 했는데, 거기는 학원 때문에 못 간다고 했어." 나는 순간 뒤통수를 한 대 얻어맞은 것 같았다. 이제까지 아이한테 무슨 짓을 한 거지 싶어 얼굴이 화끈거렸다. 그리고 선거에서 떨어지고도 친구의 선거를 도와줘야 했던 아이의 마음이 어땠을까 생각하니 너무 미안했다. 미안하다는 말을 어렵게 돌려서 하는 내 마음을 읽었는지 "엄마, 나한테는 괜찮은데, 나중에 동생한테는 그러지 마." 아이의 이 말에 나는 너무 부끄러우면서도 한편으로는 가슴속이 가득 차오르는 기분이었다. 아이를 키우면서 무엇보다 양보와 배려, 그리고 더불어 사는 세상을 가르쳐주고 싶었는데, 내 마음이 아이에게 충분히 전해지고 있었구나. 엄마는 욕심 때문에 잠시 방향을 잃었지만 아이는 이미 생각보다 훨씬 더 성장해 있었고, 자신의 세상을 제대로 만들어 가고 있었구나 싶어 뿌듯했다.

따뜻한 엄마

4남매 중 어정쩡하게 셋째로 태어난 나는 그리 주목받는 자식이 아니었다. 열 손가락 깨물어서 안 아픈 손가락이 없다고들 하지만 우리 엄마한테는 분명 더 아프고 덜 아픈 손가락이 있는 것 같았다. 첫 아이인 데다 워낙 태어날 때부터 약골이어서 누가 봐도 보호받아야 할 것 같은 언니와 아들로 태어난 것으로 이미 부모님의 기쁨과 자랑이 된 오빠, 막내라는 자리만으로도 존재감이 확실한 동생 사이에서 나는 이도 저도 아닌 그냥 셋째 아이였다. 게다가 다른 형제들에 비해서 유독 고집이 세고 욕심도 많았던 나는 엄마에게 그리 예쁨 받는 자식은 아니었다. 빠듯한 살림살이에 자식 넷과 시동생, 시누이 뒷바라지까지 하며 사셔야 했던 엄마는 늘 힘겨워하셨고, 나는 엄마 눈 밖에 나지 않으려고 눈치를 살피면서 살았다. 나도 엄마로서 25년 가까이 살고 있는 지금에 와서 생각해보면 엄마가 얼마나 힘느셨을까 이해할 수 있지만, 늘 차갑던 엄마의 모습은 지금까지 상처 아닌 상처로 남아있다. 그래서 나는 내 아이들에게 따뜻한 엄마가 되어주고 싶었다.

하지만 미워하면서 닮는다고 했던가? 나도 우리 엄마와 크게 다르지 않은 엄마였다. 어린아이들의 투정을 받아주는 게 유난히 힘들었고 아이들에게 애정표현도 그다지 많이 하지 않았다. 아이들에 대한 책임감이 너무 크게 느껴져 아이들이 예쁘고 사랑스럽다는 걸 제대로 느끼지 못했고, 그저 아이들을 빨리 키워 엄마의 책임에서 하루빨리 벗어나고 싶은 마음뿐이었다.

철저하고 계획적인 성격인 나는 아이들을 많이 안아주며 사랑을 표현하는 따뜻한 엄마 대신에 늘 반듯하고 정돈된 모습만 보여주는 본받고 싶은 엄마가 되려고 애썼다. 소파에 널브러져 졸다가도 아이들이 집에 돌아올 시간이 되면 꼿꼿이 앉아 책을 펼쳐 들었고, 다른 아이들과 다툼이 있을 때도 항상 공정한 입장에서 아이를 가르치고 이해시키려고 노력했다. 그리고 이런 엄마의 모습을 보면서 반듯하고 바른 사람으로 자라주기를 기대했었다. 정작 나의 융통성 없는 성격을 때때로 나 스스로도 답답해하면서도 말이다.

큰아이가 아마도 6학년 때였던 것 같다. 어느 날 담임 선생님으로부터 한 통의 전화를 받았다. 우리 애가 저학년 아이의 과자를 빼앗았다고 그 반 담임 선생님께서 연락을 주셨다는 것이다. 작은 말썽 하나 없이 누구에게나 늘 칭찬만 듣던 아이였는데, 무슨 일인가 놀라 바로 학교로 찾아갔다. 그날이 빼빼로 데이라 친구들에게 받은 과자를 잔뜩 들고 있는 3학년 아이에게 장난으로 과자를 달라고 했는데, 고학년 선배가 달라고 하니 거절을 못 하고 건네주고는 억울한 마음에 울면서 담임 선생님을 찾아가서 일러바친 것이다. 우리 애는 대수롭지 않게 생각하고 한 행동이었지만, 잘못한 만큼 그 반 선생님께 불려가 꾸중을 들었다고 하니 어떤 상황이었는지 대충은 짐작이 갔다.

그런데 문제는 담임 선생님의 다음 말씀이었다. 선생님은 아이가 평소에도 엄마에 관한 얘기를 많이 하고 엄마에게 자신이 어떻게 보일까를 유난히 신경을 많이 쓴다며 평소에 집에서 교육을 엄하게 하는지 물으셨다. 내가 바라는 내 아이의 모습은 사랑을 많이 받고 자라 티 없이 맑고 밝은 아이였는데 우리 애도 예전의 나처럼 엄마 눈치를 많이 보며 지내왔구나 싶어 마음이 무거웠다.

집에 돌아와 혼날까 봐 잔뜩 겁먹은 아이를 데리고 집 앞 치킨집으로 갔다. 잘 튀겨진 치킨을 가운데 두고 내 앞에는 맥주를,

아이 앞에는 음료수를 한 잔 놓고 마주 있있다. 어떻게 말을 꺼내야 할지, 그동안 힘들었을 아이의 마음을 어떻게 다독여야 할지, 무슨 말을 해야 나를 따뜻한 엄마로 느끼게 할지 좀처럼 입이 떨어지지 않았다. 나는 나의 옛날이야기를 시작했다. 우리 엄마는 어떤 엄마였는지, 나는 어떤 딸이었는지, 나는 어떤 엄마가 되고 싶었는지…. 두서없이 생각나는 대로 솔직한 마음을 이야기했다. 그리고 변명처럼 마지막 한마디를 덧붙였다. "엄마도 엄마가 처음이라서 그래." 그날 아이가 내 말을 얼마나 이해했고 나에 대한 마음이 얼마나 달라졌는지는 잘 모르겠다. 그저 아이에게 했던 말들이 앞으로 더 따뜻한 엄마가 되라고 나에게 하는 다짐이었음은 분명히 알고 있었다.

그 날 이후 우리는 종종 치킨집을 찾았다. 주로 아이에게 내 실수를 사과하고 싶거나 서로의 감정이 꼬여 해결의 실마리를 찾기가 쉽지 않을 때 가곤 했다. 힘들다가도 맥주잔과 음료수잔을 앞에 놓고 한바탕 울고 웃고 이야기를 나누고 나면 다시 잘해보고 싶은 마음이 생겨났다. 그때의 그 치킨집에서 이제는 성인이 된 딸아이와 맥주잔을 부딪치며 연애 얘기며 진로 얘기를 한다. 세월 참 빠르다. 이렇게 금방 자라는 것을 그때는 왜 그렇게 힘들어했을까? 더 많이 안아줄 걸 후회가 남는다.

작은아이의 사춘기

엄마 아빠는 같은데 그 사이에서 나온 두 딸아이는 어려서부터 달라도 너무 달랐다. 큰아이는 안아주려고 하면 밀어내는 반면 작은 아이는 내가 밀어내도 끊임없이 나에게 달라붙었다. 똑같이 야단을 맞아도 큰아이는 돌아서면 잊어버리고 아무 일 없던 것처럼 행동해서 화를 돋우는가 하면, 작은 아이는 내가 다시 달래주기 전까지 삐쳐있어 속을 뒤집어 놓았다. 또, 외모 꾸미기에는 별 관심이 없는 큰애랑은 다르게 작은 아이는 예쁜 것을 좋아했는데, 함께 그림책을 볼 때도 전 페이지에서 공주가 했던 목걸이 모양을 기억하고 어떻게 달라졌는지를 집어낼 정도였다.

엄마는 한사람인데 너무 다른 두 아이를 키우려니 고민스러울 때가 많았다. 분명 큰아이에게는 통했던 교육방식이 작은 아이에게는 전혀 먹히지 않았고, 큰아이를 키우면서 겪었던 시행착오와 경험으로 인해 둘째에게 다소 유연해진 내 교육방식은 종종 큰아이의 원성을 샀다. 굳이 둘을 비교하자면 내 성격을 훨씬 더 많이 닮은 큰아이를 키우는 게 좀 더 수월했는데, 그것도 둘째를 키우면서 뒤늦게 깨달은 사실이다.

　작은 아이는 겁이 많고 소심해서 한번 정한 규칙은 무슨 일이 있어도 반드시 지켜야 하는 답답하리만큼 융통성이 없는 아이였다. 아니 초등학교 때까지는 그런 줄 알았다. 그런데 중학생이 되면서 갑자기 변하기 시작했다. 보통 아이들이 사춘기가 되면서 많이 달라진다는 건 익히 알고 있었지만, 작은 애는 변해도 너무 갑작스럽게 변했다. 내가 알고 있는 한, 작은 애에게 도저히 있을 수 없는 '화장'을 하고 다니기 시작했다. 고등학교 때 딱 한 번 야간 자율학습 땡땡이쳤던 것이 유일한 일탈이었을 정도로 모범생이었던 나는 교복 치마를 짧게 줄여 입고 화장을 하고 다니는 작은 애가 영 못마땅했다. 아무리 시대가 바뀌었어도 학생은 학생다워야 한다는 내 생각을 아이는 고리타분한 잔소리로 여기고 들으려고 하지 않았다.

　사춘기 때 자칫 아이와 관계가 나빠질까 봐 제대로 혼내지도 못하고 속을 끓이고 있는데, 아이는 점점 과감해졌고 급기야는 담임 선생님께 그 일로 문자를 받기에 이르렀다. 그때 담임 선생님은 아이들에 관한 관심과 사랑이 크셨지만, 사춘기 아이들은 그런 사랑을 간섭으로 느껴 서로 소통이 안 되고 좀처럼 가까워지지 못하는 상황이었다. 늘 어디에서나 칭찬만 들어오던 아이였는데 선생님으로부터 품행에 대한 걱정의 소리를 들으니 당황스럽고 민망했다.

더 솔직히 말하면, 교육적인 차원에서 아이가 걱정스러운 것보다는 아이 문제로 내가 지적을 받았다는 사실에 자존심이 상했던 것 같다. 그래서 마음과는 다르게 개방적인 엄마인 척 답장을 보냈다. 아이가 사춘기라서 하고 싶은 게 좀 많아진 것 같다고, 집에서도 얘기를 많이 나누고 있으니 너무 걱정하지 마시고 조금만 지켜봐 달라고, 그래도 옳은 일과 그른 일은 구별할 줄 아는 아이니까 크게 어긋나는 행동을 하지는 않을 거라고, 선생님께서 관심을 가져주셔서 감사하다고 썼다. 최대한 예의를 갖춰서 쓰기는 했지만 은근히 오기가 발동했고, '학생이 화장하는 게 그렇게 나쁜 행동인가? 남한테 피해를 주는 것도 아닌데….' 하는 생각이 들었다. 생각을 조금 바꾸자 그동안 걱정스럽기만 했던 아이의 행동이 정말 별일 아닌 것처럼 느껴졌다.

아이들을 키우면서 가장 많이 했던 고민이 '과연 어디까지 허용할 것인가?' 하는 부분이었다. 가능한 아이가 스스로 경험하고 그 경험을 통해서 스스로 깨닫게 하려면 어쩔 수 없이 실수와 실패를 경험해야 하는데 그 범위를 정하는 것이 제일 어려웠다. 편하고 쉬운 길로 실패 없이 갔으면 하는 마음에 번번이 선을 넘는 실수를 저질렀고, 내 안에서도 그때그때의 생각에 따라 그 범위가 늘어났다 줄어들었다 했다.

결국, 내 잔소리에 귀를 닫아버렸던 아이는 화장을 짙게 하고 찍은 중학교 졸업사진에 자신의 흑역사를 고스란히 남기고서야 화장을 그만두었다. 그리고 그 졸업앨범은 언젠가부터 집안 어디에서도 보이지 않았다. 지금은 시간이 없다 귀찮다 하며 화장은커녕 머리를 하나로 질끈 묶고 헐렁한 티셔츠에 트레이닝 바지만 입고 다니는 모습을 보면 웃음이 나온다. 뭐든 다 한때의 일이고 커가는 과정인 것을 괜히 걱정했었나 보다.

엄마표 수학 과외

　　엄마 역할에 나는 아이들의 수학 과외선생이란 역할을 하나 더 맡았다. 학창시절 수학 과목을 가장 좋아했고, 대학 다니는 동안 내내 학비와 용돈을 과외 아르바이트로 벌었던 경험이 있어 아이들의 수학을 직접 가르쳤다. 제 자식은 절대 못 가르친다고 하지만 나는 수학만큼은 누구보다 잘 가르칠 자신이 있었고, 비싼 수강료를 내면서 아이를 학원에 보낸다는 것이 도저히 자존심이 허락하지를 않아 기꺼이 내가 맡았다. 그리고 그것 때문에 아이와 전쟁이 시작되었다. 큰아이가 초등학교 고학년이 되어서 나와 함께 공부를 시작했을 때는 대학 시절 이후로 손을 놓았던 수학 과외를 다시 시작한 지 이미 몇 해가 지난 다음이었다.

　늦은 나이에 둘째 아이를 낳아 하루하루 힘들게 지내던 때, 나는 잠깐이나마 육아에서 벗어날 수 있는 나만의 시간이 절실히 필요했고, 남편은 유학을 마치고 돌아와 새로운 일자리를 찾는 중이라서 안정적인 수입이 없었던 상황이었다. 그래서 나는 가장 잘할 수 있고 가장 쉽게 시작할 수 있는 과외 일을 다시 시작하였던 것이다. 직장을 그만두고 거의 7년 만에 새로 시작한 일이 비록 아르바이트 수준의 일이었지만, 일주일에 두세 번의 외출로 조금이나마 숨통이 트이는 것 같았다.

큰아이가 6학년 무렵부터 시작한 수학공부는 중학교와 고등학교 1학년까지 거의 5년 가까이 계속되었다. 엄마가 가르친다고 해서 절대로 대강대강 하지 않고 일주일에 세 번 하루에 두 시간씩 시간을 정하여 제대로 수업을 했다. 때때로 예기치 않은 일이 생기기도 하고 하루 종일 집안일에 지쳐 그냥 쉬고 싶을 때도 있었지만, 내가 철저히 해야 아이도 긴장하고 열심히 따라올 것 같아 거의 빠지지 않았다. 내 몸이 피곤하고 힘든 날은 수업 분위기가 험악했다. 앉은 자세를 지적하고 틀린 문제를 다그치면 아이도 기분이 상해 같이 뻬딱해지다가는 결국 내가 소리를 지르고 문제집을 집어 던지고 아이는 울고 그렇게 끝나버리곤 했다. 다시는 안 볼 것처럼 한바탕 난리를 친 다음에도 나와 아이는 또 같은 시각에 책상에 앉았다. 아이는 힘들어하면서도 나를 신뢰하고 잘 따라주었는데, 지금도 그때를 얘기하면 서로 자신의 무던함을 공치사하기에 바쁘지만, 솔직히 나보다는 아이가 더 대단했다는 것을 인정하지 않을 수 없다. 작은 아이도 큰애 때와 똑같은 방식으로 가르쳐 보려 했지만, 결국 몇 달 만에 포기하고 말았으니 큰아이의 공이 훨씬 큰 게 분명하다.

사춘기를 쉽게 지나간 큰애와는 다르게 작은 아이는 사춘기가 시작되면서 나와 부딪치는 일이 많았고, 더 이상 엄마에게 수학을 배우지 않겠노라 버티는 바람에 일찌감치 학원을 보내게 되었다. 공부에는 크게 관심이 없이 그저 학원만 다니는 아이를 보고 있자니 속이 터졌지만, 어쩌다 좀 참견을 하려고 들면 영락없이 거센 저항에 부딪쳐 문제가 많다는 걸 알면서도 지켜보기만 해야 했다. 요즘도 수학을 어려워하는 아이에게 그때 엄마랑 조금만 참고 계속했더라면 더 낫지 않았을까 물으면 아이는 그랬다면 아마도 지금 자기는 이 집에 없었을 거란다. 괜히 수학을 건지려다 하마터면 딸 하나를 잃을 뻔했다.

보통 첫째와는 모든 게 처음 겪는 일이라서 더 각별하기 마련이지만, 나와 큰아이 사이에는 수학공부로 다져진 끈끈한 전우애 같은 것이 있다. 그리고 그렇게 다져진 우애는 서로에 대한 신뢰와 사랑으로 쌓여 점점 더 단단해지는 느낌이다. 다행히도 우리의 결과는 나쁘지 않았지만, 아이와 무언가를 함께해서 얻는 게 있으면 그만큼 잃는 것도 있다. 작은 아이처럼 엄마와 성격이 맞지 않는 경우에는 엄마의 방식을 고집하기보다 아이에게 맞추는 편이 훨씬 낫다고 본다. 첫째와 공부를 같이 한 것이 잘한 일이었다면 둘째와 같이 공부하는 걸 빨리 포기한 것은 더 잘한 일이었던 것 같다. 나는 이제 작은 아이의 방식에 맞춰 함께 전우애를 다질 새로운 일들을 찾아가고 있다.

학부모도 성적순?

　거의 시험 성적으로만 대학을 가던 우리 시대와는 다르게 요즘의 대학입시는 참으로 복잡하다. 공부 이외에도 다양한 재능을 가진 인재를 키운다는 명목으로 갖가지 입시전형이 만들어졌지만, 딱히 눈에 띄는 재능을 가진 아이가 아니고서는 그림의 떡일 뿐이다. 여러 가지 전형들도 자세히 들여다보면 결국에는 성적이 가장 중요하게 반영되는 경우가 대부분이라서 내가 대학입시를 치렀던 30여 년 전이나 지금이나 별로 달라진 게 없는 것 같다. 아니 오히려 좋은 대학이 대부분 좋은 직장으로 연결되었던 우리 세대의 부모들은 아이들을 좋은 대학에 보내기 위해 더 힘을 쏟고 있는 것 같다. 그리고 나 역시도 크게 다르지 않았다.

요즘은 특목고니 자사고니 해서 중학교 때부터 치열한 입시전쟁이 시작된다. 나도 큰아이의 고등학교를 선택할 때 잘하는 아이들 틈에서 행여나 내신 성적이 불리할까 봐 고민하다가 원서접수 마지막 날에야 자사고에 지원했다. 열심히 공부하는 아이들이 모인 학교인 만큼 보고 배우는 게 많겠지 하는 마음에서였다. 앞서도 말했지만, 사회성 영재인 큰애는 고등학교에 가서도 역시나 특유의 친화력으로 임원을 도맡아 하며 즐겁게 학교생활을 했다. 그런데 문제는 나였다.

고등학교는 초중학교 때와는 그 분위기가 많이 달랐다. 1학년 첫 학부모총회 때부터 모든 게 대학입시에 초점이 맞춰져 있었다. 직전 3개년의 입시 결과를 차트로 만들어 내신 몇 등급이 어느 대학을 갔는지를 보여주고 첫 모의고사 성적 분포를 보여주며 학부모들을 긴장시켰다. 성적 외에 동아리 활동이나 다양한 교내 활동들도 그 자체의 의미보다는 대학입시에 어떻게 반영되는지에 대해서 주로 설명되었다. 꿈 많은 고교 시절은 옛말이고 아이를 마치 무시무시한 전쟁터에 밀어 넣은 기분이었다. 학부모들은 연신 스크린으로 보이는 자료들의 사진을 찍고 한마디라도 놓칠세라 받아 적기에 바빴지만, 난 멀미가 날 것 같아 빨리 그 자리를 벗어나고 싶은 마음뿐이었다. 그리고 우리나라 고등학교는 모든 게 성적순이라는 걸 미처 깨닫지 못했고, 내가 고등학생 학부모로서 자세를 갖추지 못했다는 걸 학급 임원 엄마들의 모임이 있던 날 또 한 번 깨달았다.

아이가 중학교까지는 집 근처의 학교여서 모임에 참석한 엄마들이 대부분 아는 사람들이었는데, 고등학교는 서울의 각지에서 모여 아는 사람이 거의 없었다. 처음 학급 임원 엄마들의 모임이 있던 날, 그날따라 시간을 못 맞춰 모임 시작 직전에야 학교에 도착했다. 제일 늦게 도착한 내게 학년부장 선생님과 모여 있던 엄마들의 시선이 일제히 꽂혔다. 그리고 선생님은 몇 반 누구 엄마라고 소개하는 내 말을 못 알아듣고 "누구요?" 하고 다시 물으셨다. 가만 보니 다른 엄마들은 대부분 최상위권 성적의 아이들로 이미 선생님과 서로서로 알고 있었고, 성적이 그렇지 못한 우리 아이는 그들에게는 생소한 이름이었던 것이다. 처음부터 기가 죽어 회의 내내 가시방석에 앉아있는 듯 불편했던 나는 회의가 끝나고 학생식당에서 가진 식사자리도 서둘러 마치고, 차 마시는 자리에는 볼일이 있다고 둘러대며 참석하지 않았다. 그런데 학교를 빠져나와 커피 한잔하며 씁쓸한 기분을 털어내기 위해 들른 카페가 하필이면 뒤풀이 모임 장소였고, 그들과 다시 마주치게 된 나는 당황스러워 인사도 하는 둥 마는 둥 서둘러 나와 버렸다.

집으로 돌아오는 길에 성적이 좋지 못한 아이도 원망스럽고 그깟 성적 때문에 내 아이를 부끄러워하고 지질하게 행동했던 나 자신도 미워서 발걸음이 무거웠다. 그리고 그다음부터는 아이가 임원을 맡는 것이 달갑지 않았고 학교모임에 참석하는 게 진짜 싫었다.

이런 엄마의 마음과는 다르게 아이는 학교의 온갖 활동에 참여하며 자신의 존재감을 드러냈고, 체육대회며 수학여행에서 갖가지 무용담을 만들어 냈다. 그런 아이에게 항상 "너는 대학에 가고 사회에 나가면 지금보다 훨씬 더 인정받으며 잘 살 거야."라고 말해주었지만, 눈앞에 닥친 대학입시는 늘 마음을 짓누르는 너무 큰 숙제였다. 그리고 아이의 활발한 학교활동들이 성적이 뒷받침해주지 않는 이상은 부질없는 일이라는 생각을 떨쳐버릴 수가 없어 그리 달갑지 않았다.

좋은 성적을 위해 열심히 공부에 매달리기보다 즐겁고 신나게 고등학교 생활을 보낸 아이는 결국 첫 번째 입시에 실패하고 다음 해에 대학에 들어갔다. 기억에 오래 남을 고교 시절의 추억거리를 많이 만든 대가로 1년 동안의 고된 시간을 더 견뎌야 했지만 후회는 없단다. 학교 다닐 때 놀 만큼 놀았기 때문에 재수하는 동안 딴생각 안 하고 공부에만 전념할 수 있었단다. 놀 만큼 놀았다는 말에 마음 졸이며 입시 뒷바라지를 했던 것이 몹시 억울하지만, 고교 시절도 아이 인생에 소중한 순간들이고 아이가 앞으로 인생을 살아가는 데 밑거름이 될 중요한 자산인 것을, 무엇보다 아이가 즐겁고 행복했었다니 괜한 걱정을 했었나 보다. 그리고 그날 누구보다 열심히 학교생활을 하고 있는 대견스런 아이의 엄마로서 좀 더 당당할 걸 그랬다.

아이의 진로 찾기

아이의 나이에 따라 엄마의 고민도 달라진다. 아이가 어렸을 때는 안전과 생활습관이 가장 큰 고민이었는데, 고등학생이 되니 아이의 진로를 찾는 게 가장 큰 고민거리다. 요즘은 학교에서 일찌감치 자신의 적성에 맞는 진로를 찾도록 여러 가지 활동을 하고 있지만, 예체능에 특별한 재능이 있는 몇몇 아이들을 제외하면 대부분 아이들은 자신이 무엇을 좋아하는지 쉽게 찾아 내지 못한다. 그래서 매 학년 생활기록부의 장래희망 칸을 채우는 것이 큰 스트레스 중의 하나가 된다. 그도 그럴 것이 오십이 넘은 나도 인제야 내가 어떤 사람이고 무엇을 좋아하는지 어렴풋이 알겠는데 이제 겨우 10여 년을 살아 낸 아이들이 자신의 적성을 어떻게 알겠는가 말이다.

큰아이 역시 고등학교에 들어가 대학의 학과 선택을 앞두고 진로 고민을 시작했다. 나도 아이의 적성에 맞는 전공을 찾아 여러 대학의 자료를 찾아보았지만, 결국 아이에게 내민 건 흔히 알려진 직업들과 연관된 몇 개의 학과에서 크게 벗어나지 못해 도움이 못 되었다. 세상이 변해 내가 모르는 수많은 새로운 직업들이 생겨나고 내가 알고 있는 많은 직업들은 머지않아 없어질 거라는데, 나는 세상의 변화를 미처 따라가지 못하고 있었다.

 그러다 큰아이는 체육학과를 선택했다. 어려서부터 운동신경이 좋고 공을 가지고 노는 것을 특히 좋아하던 아이는 자신이 좋아하는 일을 하겠노라 선택한 것이다. 좋아하는 일을 선택한 것은 아주 바람직하나, 나는 그쪽 분야에 문외한이라서 걱정이 앞섰다. 무엇보다 체육학과 진학을 위해서 학과공부와 실기를 함께 준비해야 하는 어려움이 있었고, 게다가 체육은 성적이 좋지 않은 아이들이 하는 것이라는 잘못된 편견을 가지고 있어 아이의 선택이 반갑지 않았다. 이러저러한 걱정을 뒤로하고 전공 선택의 고민이 끝났으니 이제 실기를 시작해 열심히만 하면 될 것이라고 생각했는데, 구기 종목을 좋아하고 잘하던 아이는 막상 기초체력을 테스트하는 입시 실기는 기록이 잘 나오지 않았고, 거기에다가 잦은 부상으로 많이 힘들어했다.

결국, 첫해 체육학과를 지원했다가 떨어져 그동안에 들인 시간과 노력이 무척이나 아까웠지만, 그 경험을 통해서 아이는 자신이 진짜 하고 싶은 일을 다시 찾았다. 본인이 운동을 하다가 부상을 당하면서 인체에 관심을 갖게 되었고, 운동 재활을 전공으로 선택하게 된 것이다. 그리고 지금은 운동선수들의 재활을 돕는 선수 트레이너의 꿈을 키우며 열심히 공부하고 있다.

첫째에 이어 둘째도 현재 같은 고민을 하고 있다. 첫째를 보면서 역시 자신이 하고 싶은 일을 하는 것이 무엇보다 중요하다는 것을 느끼고 둘째가 좋아하고 잘할 수 있는 일을 찾아주려고 하고 있지만 역시나 쉽지 않다. 둘째는 세상 돌아가는 일에 관심이 많아 같은 이슈에 대해서 다양한 시각들을 찾아보고 비교하는 것을 좋아한다. 글 쓰는 것도 좋아해서 하루빨리 지루한 학과 공부가 아닌 쓰고 싶은 글을 맘껏 써보고 싶단다.

아이가 좋아하는 일에 관련된 전공이 무얼까 하는 고민과 당장 입시를 앞두고 대학의 학과 선택 문제로 나는 머리가 아픈데 정작 아이는 그다음을 꿈꾸고 있다. 평소 유럽 프로 축구에 관심이 많은 아이는 대학에 들어가면 한 학기를 휴학하고 프로 축구 경기를 직관하러 유럽에 갈 거란다. 그동안 인터넷 기사와 영상으로만 접했던 선수들이 뛰는 모습을 직접 가서 볼 생각을 하면 지금부터 너무 행복하단다. 평소 겁이 많은 아이가 혼자 여행을 꿈꾸는 것을 보면 아이 안에 내가 미처 모르는 또 다른 모습이 들어있나 보다.

수능을 며칠 앞두고 자신의 진로보다 속 편히 여행 얘기를 하는 아이를 보고 있자면 무척 걱정스럽지만, 무엇이라도 하고 싶은 일이 있다는 것, 그리고 그것을 꿈꾸며 지금 행복해 한다는 것, 그것이면 됐다. 혹시 또 아나, 첫째가 자기가 좋아하는 체육을 하다가 운동 재활이라는 진로를 찾았듯이 둘째도 자기가 하고 싶은 축구 여행을 하다가 자신에게 딱 맞는 진로를 찾아낼지. 결국, 진로를 결정하는 건 전적으로 아이의 몫이기에 아이를 한 번 믿어보련다.

지금 나는

결혼 후 2년 동안의 맞벌이 생활을 정리하고 전업주부의 길로 들어선 이후로 남편이 돈을 벌어오는 대신에 나는 아이들을 챙기고 집안일을 전담하는 게 공평하다고 생각했다. 아이들이 어릴 때 하나부터 열까지 일일이 챙기느라 간혹 힘에 부칠 때도 있었지만 도와주지 않는 남편을 원망하는 것은 직무유기라 생각했고, 바깥일과 집안일을 철저하게 분리하고 한쪽을 온전히 책임지는 나야말로 합리적이고 공정한 사람이라고 은근히 자부했었다. 그래서 힘들다는 말도 별로 하지 않았었던 것 같다. 그런데 요즘 들어서는 힘이 든다. 하지만 "뭐가 그렇게 힘든데?"라는 물음에는 딱히 대꾸할 말이 생각나지 않는다. 사실 이제 아이들도 다 컸고 올 한해 고3인 작은 아이를 챙겨야 하는 일이 남아있기는 하지만 매일 해야 하는 가사도 많이 줄었고 여유 시간도 훨씬 많아졌는데도 예전보다 더 힘들게 느껴진다. 나이가 들어서인가? 사실 그 이유도 크다. 개운하고 상쾌한 컨디션으로 아침을 시작하는 날보다 찌뿌듯한 몸을 억지로 일으키는 날들이 점점 많아지고, 늘 해오던 청소며 다림질도 끝내고 일어설 때면 허리에 손이 가며 저절로 아이고 소리가 나온다.

 하지만 그보다 더 큰 이유는 '내 것이 없다.'라는 것이다. 가족들을 챙기고 행복한 가정을 만들기 위해 최선을 다했고 나는 지금 행복한 가정 안에서 살고 있지만, 늘 마음 한편에는 뭔지 모를 허전함이 남는다. 별 탈 없이 잘 자라준 아이들과 언제나 내 곁에 든든하게 자리하고 있는 남편이 이 세상 가장 소중한 존재이면서도 결코 나의 전부가 될 수 없는, 시도 때도 없이 불쑥불쑥 올라오는 '그럼 나는?'에 대한 답을 찾지 못하는 데서 오는 힘듦이다. 그러고 보니 가족들에게는 무한한 보살핌과 응원을 보내면서 정작 나 자신은 항상 뒤로 미뤄두는 시간들이었다. 가족들만 바라보며 살아왔던 지난 시간들 속에 오롯이 내 것은 없었다는 생각을 떨칠 수가 없다. 삶의 균형을 맞추며 살았어야 했는데, 결국 한쪽으로 치우친 삶의 무게가 요즘 나를 힘들게 하는 것이다.

 사실 이러한 고민이 요즘에 와서 처음 생긴 것은 아니다. 집안

일을 하고 아이들을 키우면서 주부로 살았던 지난 25년간 내내 한시도 내 머릿속을 떠나지 않는 생각이었다. 여전히 직장생활을 하며 자신의 커리어를 쌓아가고 있는 동창의 소식이라도 듣는 날이면 그날은 하루 종일 우울했고, 빨리 뭐라도 해야 하는데 싶어 마음이 급했다. 어차피 전업주부의 길을 선택한 이상 프로페셔널한 주부가 되어보자 마음먹은 적도 있었지만, 사실 전업주부는 내 적성에 그리 잘 맞는 일이 아니었다. 열심히 해도 티도 안 나는 집안일이 적성에 맞는 주부가 몇 명이나 있을까마는, 사회적으로 인정받고 싶어 하는 욕구가 유독 강한 나는 주부로서만 살아가는 것이 그다지 행복하지 않았다.

쉰이 넘어 이제부터 하고 싶은 일만 하며 살자, 이왕이면 사회에 보탬이 되는 보람 있는 일을 하자 다짐했는데 여전히 다른 길에 머물러 있다. 육아는 누구 책임이어야 하는지에 대한 잠깐의 고민도 없이 잘나가던 직장을 그만두고 남편과 아이들의 그늘에 숨어 공허하지만 편안하기도 한 시간들이었다. 주말 아침 골프 약속에 집을 나서며 멤버들의 신상을 늘어놓는 남편을 보고 있자면 흐뭇하면서도 배알이 꼴린다. 남편이 확 트인 잔디밭에서 나이스 샷을 외치는 동안 나는 아이들의 점심 메뉴를 고민하며 쇼핑카트를 끌고 마트로 향한다.

한 해 한 해 지날수록 억울한 일이 점점 늘어난다. 종일 직장에서 커리어우먼들만 보던 남편이 집에 돌아와 드라마에 넋 놓고 있는 마누라를 보면 무슨 생각이 들까? 외국계 대기업의 임원으로 일한다는 남편 친구 와이프, 일찌감치 재테크에 눈을 떠 강남에 번듯한 아파트가 두 채라는 친구 시누이는 얼굴도 모르는데 내 기를 죽인다. 나도 왕년에는 잘나갔는데…. 이게 다 누구 때문인데….

"내 일은 내가 다 알아서 하니까 엄마는 엄마 하고 싶은 거나 하셔." 이제 컸다고 엄마를 성가신 잔소리꾼으로 취급해 버리는 아이들을 보면 부아가 치밀면서도 자꾸만 쪼그라든다. 마음이 급하다. 아이들을 챙겨야 한다는 핑계도 이제 얼마 남지 않았다. 나이 들어가면서 몸이 보내는 이상 신호도 무시할 수가 없다. 정말 내 인생의 후반전을 어떻게 살아야 할까…?

직업을 찾다

뭘 해야 할까 고민하면 자격증을 따보라는 얘기를 가장 많이 듣는다. 제일 현실적이지만 제일 부담스러운 조언이기도 하다. 자격증을 따 볼까 이것저것 기웃거려 본 적도 있다. 워낙 강의 듣는 것을 좋아하는 터라 맛보기 강의들은 하나같이 흥미로웠다. 합격자들의 후기를 읽고 핑크빛 미래를 꿈꾸며 가슴이 콩닥거리기도 했다. 그런데 딱 거기까지였다. 아무 부담 없이 듣는 재미까지만, 꿈꾸면서 잠시 행복해 하는 것까지만. 실제 계획을 세우고 실전으로 들어가려고 하면 그때부터 부담감이 밀려오고 게으름은 언제나 나를 주저앉혀 버렸다. 그리고 생각했다. 정말 내가 하고 싶은 일인가? 내 나이에 이 자격증을 따면 과연 써먹을 수 있을까?

결국은 항상 어떻게 살고 싶은가의 문제로 다다른다. 여전히 직장에 다니며 바쁘게 사는 친구들이 부럽다가도 자신에게 맞는 취미를 찾아 소소한 행복을 누리며 사는 게 편안하고 좋아 보이기도 한다. '일주일에 서너 번 하루 서너 시간 정도 일하면서 스트레스는 적고 월급은 많이 받는 폼 나는 일'을 하면서 틈틈이 '우아하면서도 재미있는 취미생활'을 즐기며 살고 싶다. 하지만 나도 안다. 세상에 공짜는 없고 노력이나 준비 없이 그런 걸 바라는 건 도둑놈 심보요, 베짱이 마인드라는 걸. 그래서 자격증을 가지신 모든 분들께 존경을 표한다. 나도 다시 자격증에 도전해봐야 하나?

　다시 직업을 찾으면서 가장 힘들었던 것은 '현실을 직시하는 것'이었다. 학력이나 과거의 경력은 이미 지나간 과거일 뿐이고 현재의 나는 육아 때문에 경력이 단절된, 특별한 기술도 재능도 없는 평범한 아줌마일 뿐이라는 사실을 인정하는 것이었다. 졸업 후 쉬지 않고 계속 일을 해 온 친구들은 이미 각자의 직장에서 중요한 직책을 맡고 있었는데, 그 자리에 오르기까지 그동안 엄청난 노력이 있었다는 것을 잘 알면서도 현재의 화려한 모습만 보였고 자꾸만 지금의 내 모습과 비교하게 되었다. 하고 싶은 일과 할 수 있는 일 사이에 괴리가 너무 커 빨리 일을 시작할 수가 없었다.

사실 나는 현재 학원강사로 일하고 있다. 흔히 학원강사라 하면 떠올리는 대치동 입시학원의 유명강사와는 거리가 있는 조그만 동네학원의 강사인데, 이 일을 선택하기까지 고민이 많았고, 앞으로 얼마나 계속할지에 대해서 여전히 고민하고 있다.

그동안 많은 아이들을 가르치면서 사교육에 찌들어 있는 아이들이 늘 안타까웠다. 학교 교사는 아니지만 그래도 애들을 가르치는 사람으로서 어떤 게 참교육인지 나름 고민하며 사교육에 몸담고 있는 내 직업에 점점 회의가 느껴졌다. 그래서 사교육 없는 세상을 만드는 데 일조하겠다고 결심하고 무작정 서울시교육청 구인 구직 사이트를 뒤져 찾아낸 것이 방과후학교 강사였다.

방과후학교 강사를 하면서 과외보다 수입은 많이 줄었지만 나름대로 교사라는 자부심을 가지고 아이들에게 스스로 공부하는 습관을 심어주고 교과 수업만이 아니라 바른 인성을 키워주려고 노력했다.

방과후학교는 공교육 활성화를 목적으로 많은 교육 예산을 들여 만든 좋은 제도임에도 불구하고 학교현장에서의 운영은 아쉬운 점이 많았고, 학부모들도 방과후학교를 별로 신뢰하지 않아 참여율이 높지 않았다. 기대했던 것과는 많이 달랐지만, 간혹 가정 형편이 어려워 학원에 다니지 못하는 아이들이 내 수업을 들으며 실력이 늘어가는 것을 보면 내가 공교육에 기여하고 있다는 자부심과 함께 가치 있고 보람된 일을 하는 꽤 괜찮은 사람이라고 느껴졌다.

　그러다가 전혀 예상치 못한 코로나 19 사태가 벌어졌다. 학교수업이 전면 원격수업으로 전환되면서 방과후학교 수업은 개설되지 못했고, 난 졸지에 일자리를 잃어버렸다. 처음에는 편하고 좋았다. 일이 지겹게 느껴질 때쯤 코로나 19는 좋은 핑곗거리가 되어주었고, 엎어진 김에 쉬어가라고 난 진짜 푹 쉬었다. 잠깐의 휴식일 거라는 예상과는 다르게 일없이 9개월이 지나고, 나는 다시 초조해졌다. 다시 또 시작되는 고민 '뭘 해야 하나….'

　결국, 내가 가장 오랫동안 해왔고 가장 잘할 수 있는 가르치는 일거리를 찾았고, 지금의 학원강사 일을 시작하게 되었다. 그동안은 방과후학교 강사 일을 하면서 백 퍼센트 만족스러운 직업은 아니었지만 내 신념대로 살아가고 있다는 자존심을 내세울 수 있었고, 그것이 나를 지탱해주는 힘이었는데 요즘은 세상과 적당히 타협하며 살아가고 있다는 생각이 들어 때때로 힘이 빠진다. 물론 대부분의 학원강사들도 교육자로서의 책임감과 사명감을 가지고 열심히 일하고 있지만, 내가 추구하는 삶의 방향대로 지금 잘 살아가고 있는지에 대해 여전히 고민을 계속하고 있다. 당장에 먹고 사는 일이 절박한 누군가에게는 배부른 고민으로 비칠 수도 있겠지만, 이 고민은 앞으로도 내가 직업을 선택하는 데 있어 가장 중요한 기준이 될 것 같다.

취미를 찾다

내 중년 이후의 삶을 설계하는데 직업 못지않게 중요한 것은 취미를 갖는 것이다. 몇 년 전 언니가 그림을 시작했다. 언니는 어려서부터 그림에 소질이 있어 상도 곧잘 타오더니 역시나 잘 그렸다. 그림은 나이가 들어서도 할 수 있고 우아해 보이는 취미인 것 같아 나도 해보고 싶었지만, 언니와 달리 영 소질이 없었다. 그림은 아닌 것 같고 악기를 배워볼까 싶어 기타를 선택했지만, 이놈의 손가락은 왜 내 의지대로 움직여지질 않는지, 즐겁자고 하는 취미생활이 스트레스가 되었고, 결국 몇 달 만에 포기했다. 다음은 탁구를 시작했다. 탁구는 재미있었다. 운동은 장비발이라고 비싼 탁구라켓을 장만하고 일주일에 두 번씩 체육문화회관의 수강료 저렴한 탁구강습을 받으러 다녔는데 여기에서도 문제가 있었다. 나의 치명적인 약점인 낯가림이 문제였다. 동호회

성격의 탁구 교실에는 다양한 연령대의 회원들이 모였고, 운동만큼이나 회원들 간의 친목 도모는 아주 중요한 부분이었다. 점점 분위기가 탁구보다는 친목 도모를 더 신경 써야 하는 지경에 이르렀고, 탁구 교실을 바꿔보자 싶어 그만두었는데 다시 시작을 못하고 있다. 어쩌면 적극적이고 사교적이던 내 예전의 성격을 되찾을 수 있는 좋은 기회였는데 너무 빨리 그만둔 것 같아 조금 아쉽기도 하다. 큰맘 먹고 장만한 비싼 탁구라켓 때문이라도 언젠가 다시 시작해야지 생각하고 있다.

하지만 한 가지 건진 취미도 있다. 그건 바로 '걷기'다. 요즘 걷기에 푹 빠져있다. 걷기는 혼자 할 수 있고 아무 때나 할 수 있고 돈 들이지 않고 할 수 있는 나한테 딱 맞는 아주 좋은 취미다. 뭐든 한번 시작하면 끝까지 해야 하는 강박적인 성격 탓에 그동안은 매일 같은 코스를 숙제하듯 걸었는데, 이제는 걷기의 매력에 빠져 그 자체를 즐기고 있다. 머리가 복잡할 때 나서서 한참을 걷다 보면 잡념이 사라지고 걸으면서 느껴지는 심장의 박동은 내가 살아있음을 느끼게 해준다.

사실 내가 걷기를 처음 시작한 건 살기 위해서였다. 남편이 늦은 나이에 다시 공부를 시작해 생활이 불안정하고 갑작스러운 가족의 죽음과 늦게 낳은 둘째 아이의 육아 스트레스까지 겹치면서 공황장애가 왔고, 죽을 거 같은 공포에서 벗어나기 위해 유모차를 밀며 걷기를 시작했다. 당시 가장의 책임감과 형제의 죽음으로 나보다 훨씬 더 힘들었을 남편에게 힘들다는 내색을 할 수가 없었고, 그저 혼자 걷는 것으로 마음을 달래야만 했다. 그때 매일 한두 시간씩 집 근처 올림픽공원을 걸었다. 그렇게 시작된 올림픽공원과 나의 인연은 지금까지 20년 동안 이어지고 있다.

처음 걷기 시작했을 때는 자꾸만 무너지는 마음을 추스르느라 공원의 모습은 보이지 않았다. 많은 한숨과 눈물을 쏟았던 아픈 곳이라 어느 정도 건강이 나아지고 난 다음에는 한동안 공원을 찾지 않는데 몇 년 전부터 다시 올림픽공원을 걷고 있다. 갱년기가 시작되면서 힘들어지는 몸과 마음을 제일 편안한 장소에서 제일 잘 맞는 운동, 걷기로 다시 바로 세워가고 있다.

매일 아침 걷다 보니 언제부턴가 계절이 바뀌면서 조금씩 달라지는 공원의 모습이 눈에 들어왔고, 그 모습을 기록으로 남기고 싶어졌다. 그래서 올해의 프로젝트로 '올림픽공원의 사계절 남기기'를 시작했다. 나만의 프로젝트를 위해 공원 곳곳의 사진을 찍고 구석구석을 돌아다니다 보니 그동안 보이지 않던 것들이 하나둘씩 눈에 들어오며 이제는 내 집 정원처럼 애착이 간다. 예전에는 답답한 마음을 털어버리고 싶을 때 주로 찾았지만, 지금은 아무 때나 간다. 언제 가도 익숙하고 편안한 마음의 고향을 얻은 기분이다.

걷기는 중독성이 있는 것 같다. 걸으면 걸을수록 더 걷고 싶어진다. 아직은 동네를 가볍게 걷는 정도지만 내 버킷리스트에는 '걸어서 제주도 한 바퀴'가 첫 번째로 올려져 있다. 요즘은 걷기 좋은 곳을 우리 동네에서뿐만 아니라 서울 시내, 전국 곳곳, 세계 여러 도시에서까지 찾아보고 있다. 걸을 힘이 남아있는 동안 모두 찾아다닐 계획이다. 그래서 '도보 여행가'라는 새로운 꿈도 꾸고 있다. 운동화를 신고 배낭을 멘 백발의 할머니 도보 여행가! 생각만 해도 기분이 좋아진다.

다시 나를 찾다

큰아이가 고등학교를 졸업하던 해 대학입시의 결과와는 상관없이 아이가 성인이 되었다는 사실에 진심으로 뭉클하고 감격스러웠다. 아이가 태어나서 자라 성인이 되는 것은 지극히 자연스러운 일인데 웬 호들갑인가 하겠지만, 그때는 마음이 그랬다. 세상에 한 생명을 만들어 내고 아무 탈 없이 건장한 성인으로 키워낸 나 자신이 참 대견하고 자랑스러웠다. 이제 내년이면 둘째도 스무 살이 되어 나의 엄마기, 그 안에서도 가장 치열했던 학부모기가 마무리되어 간다. 물론 앞으로도 아이들의 엄마로서 크고 작은 일들을 겪으며 나의 엄마기는 계속되겠지만 내 인생의 가장 큰 과제를 무사히 끝낸 홀가분한 기분이다. 그리고 이제 줄어든 엄마 자리 대신 남은 인생의 자리를 진정한 '나'로 채워가려고 한다.

'나는 어떤 사람일까?' 그리고 '어떤 사람이고 싶은가?' 생각해 본다. 어린 시절 어른들 앞에서 "저 푸른 초원 위에~."를 부르며 개다리춤을 추던 웃음 많고 흥도 많았던 나와 모두가 일어서서 환호하는 콘서트장에서 자리를 지키며 소심하게 발장단으로만 즐기는 지금의 나 중에서 어떤 모습이 진짜 나일까? 수업시간 발표하고 싶어 제일 먼저 손을 들던 나와 많은 사람들 앞에 서면 목소리가 떨리는 지금의 나 중에서 어떤 모습이 진짜 나일까? 대학 시절 밤새워 토론하며 끝까지 시비를 가려내고 내 주장을 펼쳤던 나와 이럴 수도 있고 저럴 수도 있지, 마음에 안 들어도 좋은 게 좋은 거다, 한발 물러서는 지금의 나 중에서 어떤 모습이 진짜 나일까? 쉰 해가 넘는 시간 동안에 참 많이도 변했다. 그래도 여전히 좋은 음악과 영화에 감동하며 가슴 설레고, 다른 사람의 슬픔에 함께 울어주고, 내 얘기에 위로받는 사람들을 보며 행복해하고, 사회의 부조리에 분개하고, 혼자만 잘살기보다는 다 같이 행복한 세상을 꿈꾸는 지금의 내가 앞으로도 변하지 않을 진짜 나의 모습이다.

이제 '멋진 어른'이 되고 싶다. 어른이라는 자리가 단지 나이 먹었다고 저절로 차지할 수 있는 자리는 아니기에 어떻게 하면 꼰대나 고집쟁이 노인네가 아닌 진정한 어른으로 멋있게 늙어갈 수 있을까를 고민하고 있다. 사소한 이해관계에 연연하지 않는 어른, 자신의 한계와 나약함을 인정할 수 있는 겸손한 어른, 나서야 할 때와 물러서야 할 때를 구분할 줄 아는 어른, 다음 세대에게 기꺼이 자리를 내어주고 아낌없는 응원과 격려를 보내줄 수 있는 어른, 이웃과 지역사회에 책임감을 갖는 어른이 되고 싶다. 쉰이 넘고 예순이 넘어서도 젊은 청춘들 못지않게 끊임없이 새로운 일에 도전하고 열정적으로 사는 사람들도 많지만 나는 그 정도로 에너지가 많은 것 같지는 않다. 그런데도 그동안은 그런 사람들과 비교하면서 자책하고 내 인생에 자꾸만 후회를 보태며 살았던 것 같다. 요즘은 거창하게 무언가를 이루어 내려는 욕심보다 마음의 여유와 가치 있는 일을 찾고 싶다는 생각이 점점 더 커진다. 그래서 주변을 한 번 더 돌아보고 작은 것에도 행복해하는 소박한 지금의 내가 마음에 든다.

"나 내년부터는 내가 하고 싶을 때만 밥할 거고 집도 자주 비울 거야!"

나는 학부모로서 역할을 성공적으로 마친 내 노고에 대한 보상으로 내년에 안식년을 가질 생각이다. 그래서 요즘 틈만 나면 가족들에게 예고를, 아니 경고를 한다. 인생에 가장 길고 치열했던 나의 '학부모기'를 끝내고 이제 오롯이 자신에게 집중하는 시간을 가져보려고 한다. 그리고 나 자신을 위한 새로운 인생을 설계하려고 한다. 앞으로 펼쳐질 멋진 인생을 기대하며 나에게 아낌없는 응원을 보낸다.

글을 쓰고 나서

언제부턴가 거울에 비친 내 모습을 보는 게 불편했다. 깊게 팬 입가의 팔자주름이 그동안 살아온 세월이 주는 훈장으로 여겨지기보다 이렇다 하게 해 놓은 일도 없이 나이만 들어버린 세월의 형벌처럼 느껴져 마주 대하고 싶지 않았다. 내 젊음과 함께 자존감마저 추락하며 자꾸만 우울해지던 어느 날, 함께 책을 써보지 않겠냐는 제안에 겁 없이 덜컥 뛰어들었고, 마음속 깊이 접어두었던 나의 이야기를 거침없이 써내려갔다. 매주 여섯 명의 동료들과 함께 글쓰기 연습을 하고 서로의 글과 함께 마음을 나누는 시간들이 정말 행복했다. 내놓기 창피한 글에도 매번 아낌없이 칭찬해주고 그 안에 들어있는 내 마음까지 알아주던 여섯 명의 벗들에게 진심으로 감사한 마음을 전한다. 세상에 내놓기 부끄러운 글이지만 쓰기를 참 잘했다. 그동안 엄마로서 열심히 살아왔음을, 그리고 사랑하는 내 짝꿍과 소중한 보물인 두 딸이 있어 행복한 인생임을 가슴 깊이 깨닫는다.

김지수 ■▮▨▮

세계를 여행하며 세상이 넓은 줄 알았고, 아이를 키우며 감정의 깊이를 알았습니다. 아이의 사춘기 때 엄마도 진로 사춘기를 함께 겪으며 누구에게나 편안한 학부모책(Parents Book)으로 세상과 소통하고 싶습니다.

엄마도 진로 사춘기

넷째딸의 광화문 연가

우리 엄마를 종로 이모라고 부르고 나를 종로 이모의 넷째 딸로 기억하는 사람들이 많았다. 적어도 엄마가 살아계실 때까진 말이다. 나는 종로에서 태어나고 교보문고와 세종문화회관 같은 커다란 건물들이 세워지는 모습을 보고 자랐다. 특히나 미국대사관 앞 종로소방서에서 소방차를 처음 보았을 때의 그 새빨간 강렬함을 아직도 잊을 수가 없다. 소방차가 너무도 타고 싶어 친구들을 데리고 소방서 앞에서 마냥 기다려 시승했던 그날 밤, 흥분됨을 감추지 못했던 기억이 선명하다.

주변 사람들과 어울리며 늘 새로운 일을 벌이던 나는 육 남매 중 뛰어난 사교성과 추진력을 가진 아이였다. 나는 1남 5녀의 넷째 딸로 태어났는데, 내성적인 남매들과 달리 활동적이고 오지랖이 넓어 집에선 자주 지적을 받곤 했다. 동네를 돌아다니며 친구들과 어울리고 이웃을 돕던 나는 오히려 집보단 밖에서 더 인정받는 아이였다. 인사성 밝은 나를 이뻐해 주시는 분들이 많아 내 활동 반경은 점점 넓어졌고, 어릴 적의 나는 집에 있기보다 밖에 나가 놀기 좋아했다.

내가 자랐던 곳엔 중앙고, 덕성여고 외에도 현재는 강남에 있는 중동고와 숙명여고 같은 학교가 옹기종기 모여 있었던 지역으로, 나는 이곳저곳의 학교를 돌아다니며 참 많이 놀았다. 나는 얼굴도장을 많이 찍어 놓은 덕분인지 어느 학교 정문이든 수월하게 통과할 수 있어서, 5시 국기에 대한 경례가 울릴 때까지 학교 운동장에서 신나게 놀았던 기억이 있다. 그래서일까? 지금도 탁 트인 운동장이 있는 학교에 갈 때마다 언제나 설레고, 학생들을 만나면 큰 에너지를 얻는다.

세월이 흘러 엄마가 되어서도 늘 찾는 곳은 광화문이었다. 내가 사춘기를 보낸 그곳에서 아이의 사춘기를 고민했고, 엄마가 된 이후의 나의 진로를 고민하며 광화문에서 답을 얻고 마음을 힐링했다. 어릴 적 내가 거닐던 동네와 학교, 정독도서관 등이 있는 광화문 주변은 내게 너무도 소중한 장소이자 마음의 안식처였다.

학창 시절의 나와 현재의 내 아이가 오버랩되는 광화문은 나에게 많은 답을 주고 있다. 지금도 종종 광화문으로 향한다. 그럴 때마다 아이가 "엄마 고향 오니까 좋아?"라며 묻는다. 그러면 대답한다. "어 좋아. 내가 살아있는 동안은 앞으로도 계속 올 거 같아." 광화문은 내가 어떤 모습으로 와도 그 옛날처럼 나를 반겨줄 테니까….

엄마가 되고 다시 만난 나의 엄마

고3 수험생의 학부모로 살며 부쩍 예민해진 큰아이의 모습을 보니 유난히 추웠던 나의 고3 시절이 자주 떠오른다. 야간자율학습을 끝내고 집에 왔는데, 엄마의 뇌 수술 날짜가 잡혔다는 소식을 들었다. 아빠의 눈가 주름 곳곳에 눈물이 고여있는 모습이 아직도 생각난다. 그때부터 불안감과 외로움이 엄습해왔다. 며칠 전 담임 선생님과 상담에서 공부에 집중하겠다던 약속이 흔들리기 시작했다. 엄마의 수술 당일 반장선거를 앞두고 울고 있던 내게 선생님은 말씀하셨다. "정 그러면 병원에 가보는 게 어떠니?"라는 말이 떨어지기가 무섭게 책 몇 권만 챙겨 엄마가 계신 세브란스 병원으로 향했다. 병원으로 가는 버스 안에서 집에올 때 사용할 회수권을 만지작거리는데 어느새 닦아 낼 수도 없을 정도로 눈물이 흐르기 시작했다. 다른 승객이 나의 모습을 볼까 봐 창밖만 보았던 그날의 기억이 아직도 선명하다.

병원 도착 후에 수술실의 위치를 몰라 몇 번을 헤매다 가족들이 있는 수술실을 겨우 찾아 멀리서 문이 열리길 기다리고 있었다. 고3인 내가 학교가 아닌 수술실 앞에 있다는 것만으로 가족들이 모두 놀랄 것을 생각하면 쉽사리 앞에 나설 수 없었다. 그렇게 한참을 기다리다 보니 마취가 덜 풀린 엄마와 핏자국이 선명한 이불이 눈에 들어왔다.

엄마 수술 이후 담임 선생님은 야간자율학습까지 빼주시며 나를 많이 배려해주셨다. 하루는 개나리와 진달래가 핀 학교 교정을 보니 꽃을 좋아하던 엄마가 떠올라 무작정 병원으로 향했다. 진달래와 개나리를 꺾어 병실에 누워 계신 엄마께 보여드렸고 엄마는 나를 반겨주셨다. 평소 같았으면 자율학습을 안 하고 병원에 왔다며 혼을 내셨을 텐데, 그날은 보고픈 마음에 병실을 찾은 넷째 딸을 말없이 안아주셨다. 지금도 엄마를 생각하면 고3 봄 병실에 들고 갔던 개나리와 진달래가 떠오른다. 그 후에도 자율학습 중간에 엄마가 계신 병원에 갔다 학교로 돌아온 적이 몇 번 있었다. 가족들은 모르는 엄마와 나의 특별한 추억이 생긴 것은 그때부터였다.

어느 날 방송에서 임영웅 씨가 부른 「그 겨울의 찻집」을 들으니 병실에서 엄마와 함께 듣던 그때의 기억이 떠올랐다. 라디오에서 흘러나온 음악의 볼륨을 조금 높여달라시던 엄마, 이내 멍하니 눈물을 감추시며 혼자 우시던 모습이 아련하다.

그때는 알지 못했다. 엄마 목소리로 듣지는 못했지만, 엄마가 좋아했던 노래가 그 겨울의 찻집이었다는 것을…. TV 속 음악을 들으며 그제야 엄마와의 추억이 떠오른 것이다. '그래 이 노래는 엄마의 노래였어.' 엄마가 좋아했던 음악을 들으니 엄마 생각이 많이 난다.

엄마란 어떤 존재일까? 어릴 적 엄격했던 엄마에 대한 서운한 기억은 사라지고 자꾸만 보고 싶은 마음이 생긴다. 그때의 엄마 나이가 되어보니 엄마에 대해 많이 궁금해졌다. 엄마의 취미, 엄마가 좋아하는 것, 그땐 몰랐는데 지금 와서 생각해 보면 엄마에 대해 아는 것이 많지 않았다. 엄마도 꿈이 있고, 엄마의 삶을 살고 싶었을 텐데 여섯 남매 키우시느라 고생만 하시다 돌아가신 것 같아 마음이 아프다.

다시 엄마를 만난다면 그때 나누지 못한 것들을 물어보고 싶다. 10대 20대가 아닌 50대의 내가 엄마와 나누는 대화는 한 번도 해 본 적이 없었기에 생각만 해도 가슴이 벅차오른다. 출산을 앞두고 10년 가까이 다니던 직장을 그만둔 이유도 내 마음 한편에 자리 잡은 엄마에 대한 깊은 그리움과 의미 때문이었다. 엄마와의 이른 이별이 너무나도 가슴 아픈 나는 아이들과 추억도 많이 쌓고 싶었고, 어릴 적 허전했던 나의 마음을 아이들에게는 주고 싶지 않은 마음이 컸다.

2019년 큰아이가 고등학교에 입학하고 서울시교육청 학부모책(Human Library)을 만나게 되었다. 성장의 문턱을 넘어야 할 시기에 오롯이 나를 돌아볼 수 있게 해 준 소중한 시간이었다. 수업이 있는 매주 월요일은 수강생들과 울고 웃으며 마음을 힐링하였고, 그들의 이야기에 귀 기울이며 말없이 응원의 마음을 보내면서 나 역시 위로를 받기도 했다.

학부모책 과정이 진행될수록 돌아가신 엄마를 자주 떠올리며 그리움이 커져 갔다. 생각하면 마음이 아파 자주 떠올리지 못하고 켜켜이 쌓아 두었던 엄마를 떠올려 보는 시간이 많아졌다. 넷째 딸에게 주신 따스한 눈길도 떠오르지만, 병이 악화될수록 여린 눈길과 삶의 의지를 보내시던 보호하고픈 엄마였다. 수업을 계기로 어릴 때 그랬던 것처럼 내 마음 깊은 곳의 엄마를 무수히 부르며 사무치게 기억하고 또 기억했다. 수업을 듣던 정독 도서관은 엄마와의 추억이 깊은 장소였기에 그리움이 더 깊었고, 잊고 지냈던 기억들이 아른거렸다. 학창 시절 친구들과 오손도손 모여 미래의 청사진을 그렸던 장소였고, 엄마가 되어선 아이들과 함께 책을 읽고 잠깐 쉬다 오는 놀이터였다. 도전할 일이 생기거나 생각이 많아질 때 각오를 다지는 장소였으며 소확행을 누리는 장소였다. 40년 넘게 방문하던 그 장소에서 학부모책을 수강하며 그토록 그리운 엄마를 다시 만났다. 『아낌없이 주는 나무』의 주인공처럼 그곳에 갈 때마다 지나온 날들에 대한 회상에 잠겼다. 엄마와의 시간 여행은 시간이 거듭될수록 고생했던 엄마의 모습보다 여섯 자녀와 함께 행복했던 엄마를 다시 생각하는 계기가 되어 마음 어딘가에 남아 있던 미안함을 덜어내는 시간이었다. '그래 엄마도 우리를 키우며 행복했어. 늘 든든하다고 하셨지….'

요즘도 나는 엄마를 많이 떠올린다. 엄마는 내가 어떻게 살아야 하는지에 대해 고민할 때마다 늘 떠올리는 분이며, 엄마라면 이렇게 하라고 하셨을 거야 하는 마음의 지표가 되어 주는 분이다. 자식은 부모의 뒷모습을 보고 자란다고 하는데, 매 순간 내 인생의 큰 부분을 엄마가 차지하고 있음을 알았다. 아무리 늙어도 부모에게 자식은 언제나 어린아이라더니 지천명의 나이가 되어도 여전히 엄마를 그리워하는 나를 두고 하는 말이었나 보다.

엄마, 그 첫 시작은 너무도 시렸다

아이들을 무척 좋아했던 나는 서른셋에 엄마가 되었다. 결혼 후 얼마 지나 임신을 하고, 출산 즈음 주변의 만류에도 불구하고 직장에 사직서를 내고 육아에 전념하였다. 결혼하면서 정착한 동네엔 아는 사람도 없었고 육아를 도와줄 누군가도 없이 아이를 키우게 되었다. 남편의 지방 근무와 해외 근무로 어쩔 수 없이 육아를 혼자 전담해야 했고, 남편과 떨어져 지내다 보니 태동 때부터 자신들의 존재를 알리던 두 살 터울의 형제를 키우는 것이 힘에 부치기 시작했다.

그즈음 아버지가 암으로 투병 중이셨는데, 아이를 잠시 맡겨두고 병문안을 가는 것마저 쉽지 않았고, 육아를 도와주고 하소연을 들어줄 누구라도 있었으면 얼마나 좋았을까 하는 서러움에 속도 많이 상했다. 생각해 보면 그때의 나는 외로움과 서툰 육아 때문에 많이 힘들었다. 외향적인 나는 늘 사람들과 어울리며 활동적으로 살았는데, 출산 후 엄마가 되면서 모든 것이 서툴고 버거워 자존감은 바닥을 쳤다. 남 탓을 하는가 하면 남과 비교하는 삶이 이어졌다. 이럴 때 친정엄마라도 있었으면 얼마나 좋을까 하는 푸념도 했고, 직장을 그만두고 육아에 전념한 결정에 대한 후회도 생기면서 몸과 마음이 힘들어졌다. 이 또한 지나가는 인생 수업이라 생각하려 했지만 쉽지 않았다. 나에게 있어 엄마, 그 첫 시작은 너무도 시렸다.

아이를 키우는 상황은 누구나 비슷하겠지만, 감정이 수시로 변하는 모습으로 아이들을 대하면서 나 또한 많이 지쳐갔다. 하루하루 성장하는 아이들이 예뻐서 웃는 날도 많았지만, 여유가 없고 서툰 나를 많이 안아주지 못하고 질책하던 시기였다. 힘든 순간이 오면 육아 선배인 친구나 동생에게 전화를 걸어 힘든 나의 상황을 이야기하며 마음의 안식처를 찾기도 했다. 그럴 때마다 동생은 그간 열심히 잘 살아왔다며 언니 자신을 어루만지라 조언을 해 주었고, 힘들 때마다 좋았던 기억과 추억을 생각하라고 했다. 유럽 배낭여행, 미국과 멕시코를 다니던 20대의 패기를 잊지 말라며 소심해진 언니를 누구보다 응원해 주었다. 순간 '내게도 그런 시절이 있었구나.' 생각하며 용기를 얻고 위안을 받았다. 동생은 내게 어떤 말을 해줘야 하는지 나를 너무도 잘 아는 오랜 벗이자 멘토였다.

요즘 고등학생인 두 아이는 어린 시절을 떠올리며 '우리 가족은 추억이 많아 좋다.'라고 마음을 표현한다. 내가 기억하는 그 시절은 너무도 서툴고 많이 힘들었던 반면 아이들은 자기들에게 집중하고 노력해 줬던 엄마가 고마웠다고 한다. "활동적인 우리 키우느라 엄마도 힘들었을 거야. 우리도 다 알아 엄마!" 아이들의 마음 표현에 먹먹함이 느껴졌다.

어찌 보면 서툴고 여유가 없던 그때, 아이들과 웃고 떠들며 지낸 시간은 나를 충전시켰는지도 모른다. 아이들에게 내가 얼마나 소중한 존재였는지 그때는 잘 알지 못했다. 있는 그대로의 나를 사랑하지 못했던 시기였기에 모르고 지나갔다. 첫 엄마기의 엄마들은 행복 통장에 행복을 차곡차곡 모아둔다는 마음가짐으로 지내야 한다는 것을 알지만, 그때의 나는 감정이라는 은행에 빚을 진 것처럼 많이 조급하고 힘들었던 것 같다. 엄마로서 겪는 성장통이 내게도 있었던 거 같다.

엄마와 아이가 함께 입학하다

추운 겨울이 지나면 봄이 오듯이 내게도 봄이 오기 시작했다. 아이가 초등학교에 입학하고 둘째를 유치원에 보내는 시기가 오니 몸도 마음도 가벼워졌다. 아이가 어릴 때는 안전, 보호 등의 세심한 주의가 필요한 생활이었다면, 초등학교에 입학하면서 안정과 즐거움이 찾아온 것이다.

아이의 초등학교 입학과 동시에 나 역시 학부모로서 입학하게 되었다. 나는 조직생활이나 단체활동에 불편함이 없고, 나름 주어진 역할을 잘 해내는 스타일이다. 그래서 아이의 초등학교 입학과 동시에 찾아온 새로운 관계 맺음을 어렵지 않게 이어갈 수 있었고 다양한 인연들을 만나게 되었다.

또한, 학교 가정통신문을 통해 다양한 부모교육을 접할 수 있었고, 그것이 자극이 되어 출산 이후 까맣게 잊고 지냈던 나다움을 찾아가고픈 마음이 생겼다.

나는 배우는 것을 좋아하고 사람들과 소통하는 과정을 통해 보람을 느낀다. 아이들을 학교에 보내고 여러 교육을 수강하면서 조금씩 나의 모습을 찾아갔다. 다소 경직되었던 내 삶에 숨통이 트이는 것 같았다. 10년이면 강산도 변한다더니 아이들이 성장하니 여유도 생기고 나를 위한 투자가 더 가능해져 그전과는 조금 다른 삶을 살 수 있게 된 것이다. 아이들의 식성이 나와 같아지고, 같이 운동도 할 수 있는 나이가 되면서 대화가 많아졌다. 무엇보다 예능프로그램을 보며 같이 웃고 나눌 수 있었다. 당시 우리는 무한도전과 1박 2일 프로그램을 즐겨 보았는데, 아이들과 함께 깔깔거리며 웃는 일이 많아졌다. TV 자막을 통해 한글을 익혀가는 아이들은 예능 캐릭터와 유머를 알게 되었고, 소통에 많은 도움이 되었다. TV 속 예능 캐릭터를 따라 하는 아이들의 모습이 웃겨 리액션을 해주면 계속해서 반복할 만큼 에너지가 넘치게 성장하였다.

어렸을 때 온 동네 밥 내음 퍼지는 저녁까지 골목골목 뛰어다니며 놀았던 나는 아이들에게도 놀이 시간만큼은 충분히 주었다. 아이들은 활동적인 놀이를 즐겼고, 호기심이 많아 체험 활동도 많이 하며 보냈다. 아이들이 커갈수록 갈 수 있는 곳이 많아졌고 그렇게 지내다 보니 내게도 여유로운 생활이 이어졌다. 북한산 자락에 살다 보니 아이들이 자연을 접할 일이 더 많아졌고 올챙이, 청설모, 달팽이도 손쉽게 찾을 수 있는 자연 친화적인 삶을 살 수 있었다. 내가 어렸을 때 했던 소꿉놀이와는 비교할 수 없을 정도로 북한산이 주는 많은 재료와 장소들 덕분에 풍성한 놀이가 가능했다. 자연 친화적인 환경에서 같이 즐길 수 있는 활동을 하며 건강하게 자라는 모습은 그간의 힘들었던 시간을 보상받은 느낌이었다. 어릴 때 내가 그랬던 것처럼 무엇보다 유머러스하고 활동적인 아이들이 좋았다.

운동을 좋아하시던 아빠는 같이 운동할 누군가가 필요했고, 나는 남매 중에서 유일하게 아빠의 운동 파트너였다. 6살 차이가 나는 남동생이 있었지만, 운동을 즐기기엔 어렸고, 내성적이었던 언니들은 용돈을 준다고 해도 아빠를 잘 따라나서지 않았다. 반면에 나는 아빠와 자전거도 타고 등산도 하고, 고교 야구, 농구대잔치, 프로야구 경기장을 함께 다녔다. 아빠는 운동을 좋아하고, 다쳐도 잘 울지 않던 나와 다니는 것을 좋아하셨다. 어디를 가든 인사도 잘하고 대답도 잘해 칭찬을 많이 받았으며, 그럴 때마다 뭐든 손에 쥐어 주시는 어른들 덕분에 너무 행복했다. 생각해 보면 아빠와 함께 이곳저곳 다니며 외식하고 칭찬 듣는 맛에 따라나섰던 것 같다. 아빠는 모범생 언니들 사이에서 주눅 든 날 외출을 통해 격려해주신 것 같다는 생각이 든다.

내가 아이를 낳았을 때 아빠가 말씀하셨다. "넌 외향적이고 운동을 좋아하니, 그 옛날의 나처럼 아이들과 잘 놀아주렴, 같이 놀 수 있는 시간은 길지 않아." 하시며 넷째 딸과 외출했던 그때가 그립다고 하셨다. 운동을 좋아하던 나는 아이들에게 수영, 배드민턴, 농구 등을 가르쳤고, 아이들이 커갈수록 함께 할 수 있는 운동이 제법 늘었다. 예상대로 우리 집 아이들은 100미터를 14.5초에 주파한 그 시절의 엄마를 닮아 운동회 계주 주자로 나서는 등, 못하는 운동이 없을 만큼 씩씩하게 자라 주었고, 태권도 4단(품)으로 운동을 즐기는 아이들로 성장했다. 그 엄마에 그 아들이라고 아이들의 모습에서 내 어릴 적 모습이 많이 보였다.

동네 아줌마 섭외 1순위

아이가 성장할수록 나의 역할은 점점 더 커져 갔다. 아이들의 바깥 활동이 많아지니 나 역시 장시간 놀이터에 있는 일이 많아졌다. 그러다 보니 놀이터에 있던 다양한 사람들을 알게 되었고, 자연스럽게 세대를 초월한 지인들이 많이 생겼다. 간식을 만들다 보면 내 아이뿐만 아니라 놀이터에 있는 아이들을 챙기게 되었고, 음식을 나누는 일이 종종 생겼다. 출출한 시간에 요구르트를 30개씩 사서 나눠 주다 보니 집 앞 놀이터가 북적일 정도로 아이들이 찾아왔고, 야쿠르트 아줌마의 단골손님이 되었다. 심지어 내가 가지고 다니던 분홍색 가방은 동네 간식 박스처럼 꽤 알려졌다. 하지만 그로 인해 당황스러운 상황이 종종 벌어졌다. 아이들이 놀다가 용변이 급하면 우리 집 화장실을 사용하는 일도 부지기수였고, 모둠 활동할 때마다 우리 집에서 하겠다고 하는 바람에 정말이지 손님이 끊이질 않았다. 당시 우리 동 아파트 현관의 숫자가 닳을 정도로 초인종이 끊임없이 울렸다. 아이들이 모래 놀이라도 하고 오는 날이면 집안에 쌓인 모래 때문에 늦은 시간까지 빗자루로 청소해야 했고, 집에서 더 놀고 싶다는 아이들을 저녁을 먹여 간신히 달래서 보낸 적도 많았다.

이런 일이 반복될 즈음 녹색 어머니 봉사를 나갔을 때 일이다. 녹색 어머니 복장을 착용했음에도 불구하고 아이들이 다가와 "그 때 아이스크림 사주셨죠?, 떡볶이 만들어 주셨죠?" 하며 인사를 하는 것이다. 주변에 같이 있던 학부모는 물론 등교지도를 하시던 교장 선생님도 이게 무슨 상황인가 했을 정도였다. 심지어 '엄마 올 때까지 놀이터에서 같이 있어 준 고마운 아줌마'라며 자신의 엄마에게 나를 소개하며 감사의 인사를 전한 아이들도 있었다. 내가 기억하지 못하는 많은 이야기로 내게 다가와 준 아이들은, 작은 도움까지 감사한 마음을 표현해주었다. 심지어 내가 생각지도 못한 사소한 행동까지도 아이들은 감사할 줄 알았다. 음식 나누는 것이 별거 아니라고 생각했던 내 생각과 달리 아이들은 그 사소함에도 감사의 마음을 전했다.

예상치도 못했던 장소에서 감사의 인사를 받은 후부턴 나의 마음가짐이 달라졌다. 그로부터 8년 동안 이어진 녹색 어머니 봉사 시간은 아침마다 만나는 인연들 덕분에 감동을 받은 시간이었다. 이런 경험은 급식 봉사를 하거나 학부모 활동을 했을 때도 계속 이어졌다. 심지어 어디서 소문이 났는지 학교의 작은 역할이라도 맡아 줄 수 있냐는 제안을 받은 적도 많았다. 심지어 내 자동차의 번호를 외우는 아이들도 많았고, 나를 이모나 상우 엄마, 진우 엄마로 부르는 아이들과 어른들이 많을 정도로 인연은 또 다른 인연을 만들었다.

걸스카우트 대신 컵스카우트

어렸을 때 내가 꼭 해보고 싶은 것이 있었다. 갈색 스커트와 모자가 인상적인 걸스카우트였다. 청소년 단체가 많지 않았던 그 시절 걸스카우트는 제법 돈이 들어가는 단체였다. 걸스카우트 연맹이 있는 동네에 살던 나는 제복 입은 대원들을 볼 기회가 많았고 그들이 너무 부러웠다. 걸스카우트 활동이 너무 하고 싶어 학교 운동장에서 그들이 부르던 노래와 율동을 따라 하면서 늦게까지 지켜보던 일이 많았다. 여섯 남매를 키우는 가정환경 때문에 평소 하고 싶다는 주장을 강하게 표현하지 않던 내가 언니들도 가입하지 않은 걸스카우트를 하겠다는 마음을 엄마에게 내비쳤다. 용기를 내어 내 마음을 전했지만, 선뜻 승낙하지 못한 엄마의 마음을 알기에, 두 번 다시 조르지 않았다. 하지만 그 후에도 걸스카우트 활동이 있는 날이면 운동장 정글짐에서 걸스카우트 친구들의 활동을 지켜보는 날이 많았고, 내가 아이를 낳으면 꼭 스카우트 활동을 시켜줄 거라는 다짐을 했다.

그 후 30여 년의 세월이 흘러 큰아이가 4학년이 되었을 때 컵스카우트를 지원했다. 다행히 아이들도 제복을 입고 활동하는 스카우트 활동을 하고 싶다는 의사를 보였다. 래프팅, 짚라인 같은 활동적인 스포츠 외에도 다양한 체험을 하는 스카우트 활동은 생각했던 것보다 배우고 경험할 것이 많았다.

아이들의 활동과는 별개로 나는 컵스카우트 단위원장으로서 모든 행사를 도왔다. 특히나 뒤뜰 야영을 준비하며, 운동장 한편에서 몰래 지켜보던 5학년 때 나의 감정과 기억이 떠올라 웃었던 기억이 있다. 학부모 자격으로 활동했던 여러 역할 중에 컵스카우트 단위원장이 학부모회, 운영위원회 활동보다 훨씬 더 기억에 남는 이유도 어렸을 때 나의 희망 사항이 담겨있었기 때문일지도 모른다. 단위원장을 하는 동안 100여 명이나 되는 컵스카우트 대원들의 이름을 외울 정도로 추억도 많이 쌓았다. 학부모들과는 네이버 밴드를 통해 소통하고 학교 측과도 소통하며 열심히 활동했다. 그랬던 내게 대원들이 붙여준 '컵스카우트 아줌마'라는 호칭은 컵스카우트 단위원장보다 친숙하게 느껴졌고, '동네 아줌마 섭

외 1순위'에 이은 멋진 별칭이었다. 걸스카우트 대신 컵스카우트
였지만, 내 아이들에겐 꼭 시켜주겠다던 국민(초등)학교 5학년 아
이의 다짐은 30여 년이 지나서야 지켜진 셈이다.

아이의 사춘기에 나를 돌아보다

자녀를 양육하면서 아이와 다양한 활동과 체험을 하며 내가 누리지 못한 학창시절을 보내는 듯 재밌고 유익한 시간을 보냈다. 외향적인 성격 탓에 주변 학부모들은 물론이고 아이의 친구들과도 잘 지내는 나를 보고 학부모 활동이 체질이라는 지인들도 많았다. 80년대의 청소년기를 보낸 내가 2010년대 이후의 학습 과정을 보는 것도 흥미로운 일이었고, 이런저런 경험을 통해 학부모로서 성장하는 계기가 되었다. 아이의 시각에서 세상을 보는 것도 나쁘지 않았고 아이와 운동하며 에너지를 발산하는 것도 나쁘지 않았다.

그런데 아이의 사춘기가 시작되면서 모든 상황이 변하기 시작했다. 가족들이 함께하는 일들이 힘들어졌다. 가족 여행부터 모임까지 가족들과의 시간에 자신의 감정을 솔직하게 드러내는 아이 때문에 힘든 시간이 많았다. 대부분의 의사결정이 사춘기 아이의 그 날 기분으로 결정되었다. 그럴 때마다 답답했지만, 아이의 닫힌 문은 좀처럼 열리지 않았다. 순간 '내가 여러 가지를 포기하고 열심히 키웠는데 이게 뭐람.' 하는 본전도 못 찾을 생각과 후회에 속상한 순간이 많았다. 아이의 감정과 나의 감정이 엉키는 것을 보고 혼란스러웠다. 어릴 땐 활동적인 엄마가 좋을지 모르지만, 사춘기 이후로는 적당한 거리를 두는 엄마를 원하는 거 같았다. 아이도 엄마도 힘든 시기인 건 확실하다.

한 번은 가족끼리 외식하러 가는 길과 식당에서 일일이 인사를 나누는 나의 모습에 아이가 불편해하는 것을 느꼈다. 만나는 사람들마다 잘 응대하는 내 모습에 아이는 힘들어했다. 자신이 누군지 어떤 사람인지에 대해 알아가는 사춘기라 자신을 잘 드러내고 싶지 않았고 엄마와 달리 주변 사람들의 시선과 관심이 불편했던 거 같았다.

자녀의 사춘기엔 대부분의 엄마들이 마음공부를 시작하는 거같다. 엄마 스스로도 자신의 내면을 성장시키며, 내면을 돌보는 시기이다. 부모는 아이가 가장 많이 접하는 어른이고 자녀의 첫 번째 스승이라고 하는데, 자녀들이 성장할수록 부족함을 알게 되는 것 같다. 청소년기 자녀들처럼 부모들 마음도 급성장한다. 아이뿐만 아니라 부모도 자신에 대해 더 많이 생각하고 돌아보며 경험을 통해 자신을 이해하고 알아가는 시기이다. 부모인 나는 어떤 사람이고, 나의 사춘기는 어떠했는지를 생각하면서 자녀들과 문제 상황에 놓일 때 지혜롭게 대처할 수 있는 성숙함이 필요한 때이다. 자녀를 믿고 기다려주며 다양한 감정 변화를 수용하고 의연하게 대처하는 것이 진리임을 알게 되었다.

환경에 따라 다르게 성장하는 '코이'라는 물고기는 어항, 연못, 강에서의 성장이 다르다고 한다. 우리 아이들이 작은 어항을 벗어나 강물로 가는 과정이 쉽진 않지만 지켜봐 주고 멋지게 성장할 수 있도록 기다려주는 과정이 필요하다.

엄마라서 시작하는 진로 사춘기

아이들이 성장하니 어느 정도 여유가 생겼고, 나를 위한 무언가를 시작해야겠다는 생각이 들었다. 아이들에게 자신의 진로에 대해 고민하라고 할 것이 아니라 부모도 앞으로 어떻게 살아야 하는지에 대해 묻고 또 물어야 한다. 자녀가 성장하는 동안 아이들의 진로에 대해서만 생각했지, 정작 나의 진로에 대해서는 어떻게 할지 모르고 있었다. 아이들이 어릴 때 고민했던 나다움 찾기와 나의 진로 찾기는 이제부터가 시작이다.

고민이 걱정이 되어 가고 있을 즈음 만난 고등학교 친구들은 두려워하거나 안주하지 말고 일을 시작해보라는 조언을 해주었다. 아이들도 제법 성장했으니 김지수답게 한 번 날아 보라고…. 친구들의 응원 때문이었을까? 집에 오는 길 내내 왜 이리 힘이 나는

지, 당장 무언가를 시작하고 싶은 마음이 꿈틀거리는 것 같았다. 오랫동안 지켜봐 준 친구들이 해준 응원과 지지는 내게 동기부여가 되었다. 특히나 중학교 상담교사로 재직 중인 친구의 조언대로 평소 관심을 두었던 상담 분야를 공부해 보기로 했다. 친구들은 나보다 나를 더 많이 인정해 주었고, 자기 주도적 실천을 하게끔 나를 격려해주고 보듬어 주었다. 학창 시절 진로를 함께 고민해 주던 친구들은 불혹이 지난 나이에도 서로를 감싸주는 포근한 이불 같은 존재였다. 나를 잘 아는 친구들의 응원은 내 안의 또 다른 나를 찾는 과정을 함께해 주었다.

아이들의 사춘기와 함께 나의 진로 사춘기가 시작되었다. 그즈음 여러 교육과정을 수강하며 나의 마음은 단단해졌다. 아이가 어렸을 때 자녀 성장에 필요한 것만 집중하며 나를 채워갔는데, 아이의 사춘기 전후로는 나의 일을 계획할 필요성이 느껴졌다. 앞으로의 내 인생을 어떻게 구성하며 보내야 하는지 깊은 고민에 빠졌고, 진로에 대해 진지하게 고민하고 여러 가지 방법을 강구하게 되었다.

아이의 사춘기는 아이가 넘어야 할 산이고, 엄마의 진로 사춘기는 엄마 스스로 생각하며 노력해야 하는 시간이다. 마음이 먼저

인 이유는 마음이 바뀌면 세상이 바뀌고 못 보던 것이 보이고 예전에 봤던 것들이 달리 보인다고 한다. 사람은 다 어떤 종류의 문턱을 넘어야 성장할 수 있다고 한다. 그러고 보면 무언가를 시작할 때 늘 배우고 고민하는 과정이 있기 마련이다. 서울시교육청의 학부모대학을 만난 후에도 내 안의 또 다른 나를 찾아가는 진로 사춘기는 계속되었고, 지금도 현재진행형이다.

간절하다면 지금부터

학부모대학을 만난 2016년은 전업주부로만 살던 내가 사회에 문을 두드리고 싶다는 꿈이 생긴 해이다. 두 살 터울의 형제를 키우기 위해 10년 가까이 다니던 직장을 그만둘 때만 해도 아이만 잘 키우면 후회하지 않을 거라 스스로 위로하며 내 선택을 믿었다. 아이들이 커갈수록 '나도 다시 사회에 나갈 수 있을까?', '나를 필요로 하는 곳이 있을까?'라는 고민이 생기기 시작했다. 그럴 때마다 기회가 올 거라 믿으며 나 자신을 다독였다.

때마침 서울시교육청 학부모대학 안내문에서 평소에 관심을 두었던 퍼실리테이터(Facilitator) 모집 공고를 보았다. 퍼실리테이터는 토론이나 회의에서 참여자 한 사람 한 사람의 다양한 의견을 존중하고 소통을 원활히 이끌어 내는 소통 이끄미 역할을 말한다. 교육 장소인 서울교육연수원을 가려면 아이들 등교 전에 먼저 나와야 했고, 수업을 듣기 위해 왕복 3시간 이상을 이동해야 했지만, 그런 이유로 포기한다면 후회할 거 같은 느낌이 강하게 들었다. 마음의 각오를 하고 접수 번호 1번으로 등록했다. 이제 와 생각해 보니 그때 수강신청을 하지 않았다면 내게 일어날 새로운 도전과 변화를 경험하지 못했을 것이라는 생각이 든다.

기본과정과 심화과정을 수강하면서 여러 현안에 대해 자유롭게 토론하고 퍼실리테이션을 실습하며 소통의 기술을 배웠다. 심화과정 중반부터는 어려워진 수업 때문에 3시간의 정규 수업이 끝나면 동기들과 교실에 남아 스터디를 하며 부족한 부분을 학습해 나갔다.

학창 시절엔 늘 경쟁하며 남보다 앞서야 하는 교육을 받았는데, 학부모대학에서는 서로 도와주고 정보를 나누면서 각자의 잠재력을 발휘할 수 있는 진정한 교육을 받았다. 40대 후반이 되어서야 배움의 참된 즐거움을 알았고, 학습을 통해 더불어 사는 세상이 얼마나 소중한지 알게 되었다. 그동안 배움에 대한 열정이 있어도 혼자서는 어려웠는데 열정을 가진 동기들과 함께하면 더욱 빛난다는 것을 느꼈다. 그래서인지 퍼실리테이션은 내가 평생 일하고

픈 분야로 인연이 계속되길 바라는 마음이 크다. 자유로운 수업 분위기와 서울교육연수원이 주는 봄 여름 가을 겨울의 멋진 자연경관 덕분에 캠퍼스에 온 대학생처럼 많이 웃으며 행복한 시간을 보냈다. 수업이 있는 매주 수요일은 20대의 열정과 감성을 느낄 수 있어 행복한 시간이었다.

학부모대학을 다닌 이후 진로에 대해 진지하게 고민해 보았다. 진로의 가장 큰 걸림돌은 자신에 대한 불안한 마음과 부족한 확신이었음을 알게 되었다. 진로는 선택이 아니라 과정이라는 말이 있듯이 꿈을 향해 도전하다 보면 기회가 올 것이라 믿었고, 간절한 열망과 의지를 갖고 사회에 문을 두드려 보기로 했다.

첫걸음으로써 서울시교육청 학생상담 자원봉사에 지원하여 중학교에서 학생들을 만나고 있고, 퍼실리테이터로 활동하며 토론 참가자들과의 소통을 통해 가치 있는 성과를 일구고자 노력하고 있다.

새롭게 일을 시작하며 느낀 것이 있다. 얼마 전까지 머릿속에만 넣어 두었던 전업주부, 경력단절, 두려움, 회피 등은 나의 행동을 주저하게 했지만, 다시 사회로 진출한 지금은 그런 단어들을 뛰어넘는 담대한 도전이야말로 새로운 일을 시작하는 첫걸음이라는 것을 깨달았다. 학교 현장에서 만나는 학부모와 학생은 나와 같은 학부모였고 내 아이와 별반 다름없는 학생들이었기에, 진정성 있는 소통이 가능하였고 서로의 공감대가 형성되어 그들에게 한 발 더 다가설 수 있었다. 직장을 그만두고 두 아이의 엄마로서 살았던 육아의 경험, 학부모라는 자격이 내게 없어서는 안 될 너무도 큰 선물임을 알게 되었다.

흔히들 내게 묻는다. 학부모 대상 교육이 거기서 거기인데 뭐가 그리 고맙냐고 말하는 사람도 있다. 내가 교육을 받기 전에 생각하는 것이 있다. 왜 수강하는지, 어떻게 변화할 것인지, 그 교육과정에서 얼마나 노력을 할 것인지, 함께한 학습(learning to live together) 이었는지. 학습 시기와 앞으로의 활용까지 먼저 고민한다. 단순히 강좌가 마음에 들어 한 번 수강하는 호기심 정도의 관심이 아닌 이 수업이 나를 변화시키며 나를 성장시킬지에 대해 고민을 한다. 그랬기에 왕복 3시간의 거리는 그리 멀게 느껴지지 않았다. 또한, 수업이 시작되면 지각 결석하지 않기, 과제에 충실하기, 함께하는 수강생들과의 커뮤니티 활동을 하기 등 나만의 노력의 기준이 있었고, 이러한 마음가짐은 많은 도움이 되었다.

서울시교육청의 교육콘텐츠에 나의 노력이 더해져 만족감은 컸고, 수강하는 과정은 너무도 소중하고 의미 있는 시간이었다. 지도해 주신 선생님들과 함께 학습한 동기들에게 지금도 감사하는 마음이 크다. 새로운 분야에 문을 두드리는 과정이 쉽지 않았는데, 함께하는 마음으로 지지해 준 고마운 인연이다. 그들과 함께 했기에 새로운 도전이 가능했고 서로 나누는 마인드가 생겼다. 새로운 학습 분위기에서 joy of learning한 새로운 시작이었다. "교육이란 알지 못하는 것을 알도록 가르치는 것이 아니라, 사람들이 행동하지 않을 때 행동하도록 가르치는 것이다(마크 트웨인)." 이처럼 간절함에서 시작된 학부모대학과의 만남은 상담 및 교육학 관련 학업을 이어가도록 하는 등 내 삶에 많은 변화를 주었다.

다시 배우는 진로교육

　　코로나 19가 한창이던 2020년 6월 서울시교육청 학부모 리더교육 진로교육 강사 양성과정에 도전했다. 코로나로 인한 초유의 사태에 등교수업도 미뤄지고, 그동안 진행했던 업무들도 멈춰진 조금은 암울한 시기였다. 위기에서 기회가 온다는 것은 이럴 때 쓰는 말일까? 체계적으로 배우고 싶었던 진로교육에 대한 열망과 다양한 교육콘텐츠는 코로나로 막막했던 시기에 새로운 도전을 할 수 있는 좋은 기회였다.

　　매회 3시간 17회의 기본과정과 11월까지 이어진 심화과정, 강사 선발까지의 긴 과정을 수료했다. 비대면 수업이 익숙하지 않았던 시기였기에 새로운 수업 형태를 익히느라 해프닝도 있었지만, 블렌딩 수업과 같은 다양한 형태의 수업이 시도되었고, 여러 환경에 적응하며 도전정신도 생겼다. 수업이 있는 아침이면 아이들과 각자의 공간에서 온라인 수업을 받는 재미난 광경도 연출되었다.

진로교육에 다시 관심을 갖게 된 이유에는 학교 현장에서 진로에 대해 고민하는 학생들과의 소통을 위한 것도 있었다. 대부분의 학생들은 진로를 진학으로 연결하고 자신의 진로에 자신 없어 하는 학생들이 많아 도움을 주고픈 마음이 있었다. 또한, 자녀가 성장함에 따라 진로에 대한 나의 역할이 좀 더 커짐을 느끼게 되었다. 부모는 자녀를 자신보다 나은 존재로 성장시키기 위해 많은 지원과 격려를 아끼지 않는다. 간혹 부모의 지원 의도가 달라 마찰을 겪는 가정도 많은데, 나는 자녀 지도에 대한 기준을 세웠다. 정보는 주되 조급해하지 않고 기다려주기, 아이 스스로 결정하도록 부모 기준의 진로를 강요하지 말고 평가에 얽매이지 말자는 것이다.

필요성에 시작된 진로 수업 과정은 나에게도 많은 도움이 되었다. 무엇보다도 나를 이해하고 알아가는 과정을 통해 성찰하는 시간이 많아졌다. 좋은 열매를 맺기 위해 땅속 깊이 나무가 뿌리를 내리는 과정이 필요한 것처럼, 진로는 열매가 아닌 뿌리임을 다시 한번 느꼈다. 진로에 대해 고민하고 나아가는 과정을 통해 내 진로 설계에도 내실을 기할 수 있었다.

지천명이 되어서 새롭게 시작하는 일들이 많아졌다. 학업은 물론이고 그간 미루고 있던 것을 하고자 한다. 새로운 분야에 발을 디딜 때마다 새로운 관계가 형성되고 그때마다 나의 마음가짐을 다시 잡곤 한다. 요즘 들어, 나는 나를 좀 더 아끼는 시간을 보내며 나를 많이 격려하고 있다.

든든한 지원군

어린 시기에 누군가에게 사랑을 받고 있다는 믿음과 확신이 있는 사람은 이후의 삶도 긍정적으로 산다는 연구 결과가 있다. 친숙한 사람과의 강력한 정서적 유대가 애착인 것을 보면 애착 형성이 얼마나 중요한가를 알 수 있고, 정신적 유대를 맺을 수 있는 엄마의 역할이 중요함을 알 수 있다. 보통의 부모들처럼 나 역시 아이들에게 그런 대상이 되어 주고 싶었다. 수용적이고 지혜로운 대상으로서 아이들의 성장을 돕는 든든한 지원군 말이다.

넉넉하게 키우진 못했어도 자신의 감정은 편하게 표현하도록 키웠다. 울퉁불퉁한 마음을 표현하지 않으면 알 수 없다는 것을 강조하며 아픔이건 기쁨이건 표현하도록 했는데, 비교적 솔직한 아이들은 대놓고 자기도 못 이기는 감정을 표현하는 일이 종종 있었다. 그런 일이 있으면 롤러코스터를 탄 것처럼 혼자 속상해하곤 했다. 큰아이가 중학교 2학년 때 버럭 화를 내며 다시는 돌아오지 않을 기세를 보이며 집을 나간 적이 있었다. 심장이 벌컥 해 시간이 어찌 갔을지 모를 즈음, "엄마 나야. 오늘 내가 엄마에게 너무 화냈나 봐. 미안해."라고 쓰인 메모와 달달한 인스턴트커피 한 잔이 식탁에 놓여 있었다. 큰아이의 글을 읽으며 아이들이 보여주는 극과 극의 감정 표현에 울고 웃었다.

사춘기는 자신의 감정을 표현하면서, 자신의 정체성을 알고 성장하는 시기다. 자녀가 솔직한 감정을 표현하는 것도 엄마라는 든든한 울타리를 믿고 하는 행동이라 생각했다. 어떠한 일이 있어도 아이들을 믿어주고 지지하면 역경에도 굴하지 않고 긍정적인 힘이 길러진다고 한다. 이를 통해 자신에 대한 사랑과 자아존중감이 길러지고 타인을 배려하는 능력을 키우게 된다. 여느 부모들처럼 나도 아이들에게 든든한 지원군이 되어 주었다.

아이들이 어느 정도 성장하여 내가 다시 일하고 학업을 이어가면서, 성취감과 행복감이 있는 반면 더 발전해야 한다는 부담감도 커졌다. 실패를 겪을 때마다 누군가 나를 격려해주면 좋겠다는 생각이 들었다. 내게도 든든한 지원군이 필요했던 것이다. 흔히 말하는 '회복탄력성'이 내게도 필요했다. 회복탄력성이란 실패를 하거나 실수를 하더라도 다시 일어서는 마음 근육인데 이를 단단하게 하는 게 든든한 지원군이 아닌가 하는 생각이 들었다.

그렇다면 나에게 있어 든든한 지원군은 누구일까? 평소 나에게 응원을 보내주는 친구나 지인들도 있지만 뭐니 뭐니 해도 가장 가까이 있는 남편이 아닌가 싶다. 남편은 나의 이야기를 잘 들어주고 묵묵히 지켜주는 사람이다. 바쁜 일상에 쉼을 주는 휴식처였고, 변덕스러운 나의 감정을 잘 잡아주는 길잡이 같다고나 할까? 시간이 지날수록 고마운 마음을 느끼고 있다.

남편 말고 요즘 내게 든든한 지원군이 되어 주는 이는 바로 아이들이다. 평소 북한산을 좋아하는 우리 부부는 첫째에겐 북악산, 둘째에겐 인왕산이란 별칭을 지어 주었다. 북악산 같은 상우는 내가 여러 감정을 느끼게끔 큰 산처럼 다가온 아이였고, 묵직한 진우는 내가 마음을 표현할 수 있게 손을 내밀어 준 내 어릴 적 인왕산처럼 나를 포용해준 아이였다. 아이들을 키우는 동안 산을 오르내리는 기분을 여러 번 경험했다. 아이들과 갈등을 겪을 때마다 "내가 무슨 복을 받으려고 이 고생이야."라며 한탄했는데 그땐 상상도 하지 못했던 일이 일어났다. 아이들이 내게 든든한 지원군이 되어 주고 있었다. 사춘기가 지나니 주변도 살피고 엄마가 하는 일에 관심을 갖고, 수업 관련 모니터링도 해준다. 엄마의 나약한 모습에 아이들이 보내주는 힘찬 응원이 내게 많은 위로가 되고 있다. 내 그늘진 표정과 얼굴을 보고 나의 기분을 알아차리며 적극적인 미러링을 통해 힘내라는 응원의 말도 건넨다. "자식은 완벽한 타인이라며 많은 것을 바라지 말라."라는 말을 들어 왔었는데, 막상 아이들이 보내주는 응원은 예상치 못하고 받는 선물 같다.

지난 시간을 되짚어보니 아이들은 육아를 시작할 때부터 나를 인정해 주었다. 내 말에 까르르 웃어 주고 반응해 주고, 서툰 나를 늘 최고라며 엄지를 들어주고 용기를 준 소중한 존재였음을 알게 되었다. 다시 일을 시작하고 조금씩 성장하고 있는 것은 남편과 아이들의 지지 속에서 가능했음을 알게 되었다. 재도전한 사회생활의 첫걸음을 가족과 함께하고 있는 것이다. 언젠가 보았던 '코로나 시대에는 가족 사랑이 백신이며 경험으로 주고받는 사랑이 보이지 않는 백신'이라는 기사가 너무도 와 닿은 시간이다.

계획된 우연에 더불어 사는 세상

예전에 사회적으로 성공한 강사의 강연을 들을 기회가 있었다. 강연 끝부분에 '성공하는 과정이 어떠했는지? 성공해서 얼마나 행복한지?'를 묻는 질문이 있었는데, 의외의 답변이 나왔다. 강사는 성공 전까지 너무나 괴로웠고 행복의 순간도 너무 짧다고 했다. 그럼에도 계속 추진하는 이유는 주변 사람들의 기대와 관심 속에서 버티는 것이라고 했다. 스트레스를 해소하는 안전장치는 꼭 있어야 한다며, 그것이 사람들과의 소통을 통해서라면 더 좋다는 말을 남겼다.

몇 년 전 수업 시간에 비전을 세우고 미래를 설계하는 시간에, 나는 지인들과 책을 쓰겠다고 계획을 세우는가 하면, 진로 교육을 다시 배워보자는 다짐, 교육학 관련 학업을 이어가자는 계획이 있었다. 작성할 당시엔 '그게 되겠어?' 반신반의하며 희망 사항이라 생각했지만, 그에 필요한 것을 학습하고 자극을 받으면서 하나씩 실천하는 나를 발견할 수 있었다. 게다가 함께한 수강생들과 수업에 대한 고민뿐만 아니라 각자의 미래를 계획하며 서로를 응원하고 격려하고 있었다. 무엇보다 진로에 대해 함께 고민하고 도와주는 모습 속에서 말로 표현하기 어려운 따스함이 묻어나기도 했다. 이들과 함께 나아간다면 현재에 안주하지 않고 나아가려는 나의 미래가 조금 더 행복해질 거란 생각이 들었다.

고등학생 자녀를 키우는 엄마이고 갱년기에 접어드는 나이인데 그간 미뤘던 계획들을 추진하고 있는 내 모습이 놀라웠다. 혼자라면 불가능했을 일을 함께 발맞추며 응원하는 동료가 있어 가능했던 것이다. 수업을 통해 가까워진 동기들과 함께하며 그들과 훌쩍 가까워 짐을 느낀다. 가족 이외에 자신을 위로받을 창구가 필요했던 시기에 세상은 혼자 살아가는 게 아니고 타인과의 교류를 통해 같이 가는 방법을 알게 되었다.

특히나 2019년에 만난 학부모책 9기 동기들과 글쓰기 과정을 함께 했다. 1년 가까이 글을 쓰고 서로 공감해 주는 과정을 통해 많은 위안을 받았다. 평소 슬픈 감정을 잘 표현하지 않던 내가 돌아가신 부모님에 대한 그리운 마음을 털어놓았다. 생각만 해도 울컥거려 차마 꺼내지 못했던 내 마음속의 감정과 이야기를 나눌 수 있는 사이가 되어가고 있었다. 때론 그리운 감정에서 벗어나지 못해 글 쓰는 작업이 늦어져도 기다려주며 공감해 주는 모습을 보며, 가족 외에 나를 믿고 기다려주고 지지해준 사람들이 있을까 싶을 정도로 너무도 감사한 인연이다. 혼자라면 힘들었을 과정을 더불어 함께하고 있었다.

예전에 만난 성공한 강사도 처음엔 자신의 노력으로 시작되었지만 이후 사람들과의 커뮤니티를 통해 한층 성장했다고 한다. 성숙한 엄마기가 되면 어느 정도 마음의 여유가 생기게 되어 그동안 미뤄 두었던 일을 시도해도 괜찮을 거 같다. 혼자가 힘들면 지인이나 커뮤니티 활동을 통해도 좋다. 그러다 보면 어느 순간 조금씩 변화하는 자신을 발견할 수 있다. 어쩌다 운이 좋아서가 아니라, 계획된 우연으로 더불어서 함께….

글을 쓰고 나서

글을 쓰는 동안 느낀 여러 감정 때문에 내 마음 깊은 곳에 머물다 오는 시간이 많았다. "기억은 감정으로 기억된다."라는 말처럼 사실(fact)보다 행복이나 안타까움 같은 감정으로 기억되며, 같은 기억이라도 각자 다른 감정이 남게 됨을 알았다.

어린 시절부터 엄마가 된 이후의 나를 돌아보며 더불어 사는 세상에 대한 고마움을 느끼고, 있는 그대로의 나를 사랑하게 되었다. 그동안 배움을 게을리하지 않고 노력하여 지금 이 자리에 서 있는 것 같다. 아이들이 성장해 가면서 나 자신도 엄마 역할에 맞게 성장한 느낌이다. 엄마가 되면서 새롭게 시작한 나의 생활, 수많은 경험과 교육들은 앞으로 펼쳐질 삶에 좋은 동력이 될 거 같다.

글 쓰는 작업에 다양한 소재를 제공해 준 가족과 격려를 아끼지 않은 서울시교육청 학부모대학 김미숙 강사님과 동기들에게 깊은 감사의 마음을 전한다.

지정민 ■■■■

어릴 때 하고 싶던 경험을 아이들과 함께 하고 있어요. 여행하기, 공부하기, 부대끼며 사랑하기, 여신으로 살지 못해서 아쉬운 시간도 있지만, 지지해주는 남편과 몸도 마음도 건강하게 성장하는 아이들에게 감사해요. 화낼 일은 화내고 욕할 일은 욕하고 슬픈 일은 위로하며 기쁜 일에는 크게 웃고 살아가는 중이에요.

라때와 요맘때

너 때라서 가능한 탈색 시대, 아싸에서 인싸로

나이가 들면서 피해갈 수 없는 것이 있다. 흰머리가 늘어나고 새치로 있던 것이 뿌리부터 하얗게 변하면 거울 속의 내 모습을 볼 수가 없다. 이럴 줄 알았으면 흰머리 없을 때 멋 내기 염색을 해 볼 것을 하는 생각과 함께 염색을 하는 것도 한때구나 하는 아쉬움이 있다. 이제는 머리카락이 상할까 봐 뿌리염색과 펌 중에 선택할 수밖에 없다.

내가 학생 때는 당연히 단발머리, 상고머리, 스포츠형 머리 스타일이 전부였다. 예외로 무용을 전공하거나 예술 분야의 학생, 하이틴 스타들만 긴 머리를 할 수 있어서 부러워했다. 공부 잘하는 전교 1등은 엄청난 곱슬머리로 긴 머리를 한 묶음으로 묶고 다녔다. 아이들은 공부 잘하니까 봐주는 거라며 각자의 곱슬기를 어필하기도 했지만 어림도 없었다. 난 공부 잘하는 전교 1등의 곱슬머리도 아니고 예술 분야도 아니라서 당연히 단발머리로 중·고 6년을 버텼다.

중2 딸이 봄방학 때부터 염색을 하고 싶어 했다. 거울을 보며 단발머리 끝부분을 염색하고 싶다며 이것저것 어떤지 물었다.

"지금 단발머리 길이에서 절반 정도 염색을 하면 어때?" 하고 딸이 물었다.

'뭐가 어떻긴 어때 이상하지.' 속으로만 생각했다.

"보라색과 바이올렛 중에 어떤 색이 더 좋을까?"

가까이 와서 물었다.

'세상에 보라색이라니.' 조금 놀랐지만 다른 말은 안 했다.

"지금은 온라인으로 수업하니까 학교 가게 되면 다시 검은색으로 염색하면 돼." 하고 딸이 말했다.

'차~암!' 이쯤 되면 딸을 말리기도 어렵고 내 마음을 말리기도 어렵다.

보라색 머리를 하려면 염색이 아니라 탈색을 해야 하고 세 번 이상의 탈색을 해야 그 컬러가 나오는 것을 미용실 다녀본 엄마들은 다 안다. 내가 중간에서 이야기하는 것보다 전문가와 상담하고 이해시키는 것이 나을 것 같아 미용실에 데리고 갔다. 역시 생각처럼 전문가의 의견은 귀담아들었다. 바이올렛 염색은 탈색을

3번 이상하고 시간은 하루 종일 걸리고, 오래 의자에 앉아 있어야 하고, 보라색을 할 수 있어도 원하는 색이 아닐 수 있으며, 일주일 후에는 색이 빠지고 머릿결도 나빠질 수 있다고 듣고도 하겠다고 결론이 났다.

해줄 맘은 없었는데…. 웹툰 드라마 「이태원 클라쓰」를 보면서 생각이 바뀌게 되었다. 대략 내용은 불합리한 세상 속에 고집과 객기로 뭉친 실력 있는 청춘들의 창업신화 이야기다. 그중 여주인공 조이서는 짧은 단발머리에 끝부분 탈색을 하고 나오는데 처음에는 그렇게 이상해 보이던 것이 드라마가 회를 거듭할수록 조금씩 익숙해지면서 개성이 있어 보였다. 딸이 처음 염색하고 싶다고 말했을 때 「이태원 클라쓰」 웹툰을 봤을 것 같다는 생각이 들었다. 대학 가서 하면 예쁠 텐데, 지금 하고 싶다고 이야기하니까 고민이 되고 다른 사람들의 시선도 걱정되었던 것 같다. 딸의 시각과 나의 시각에 대한 차이를 알고 원하는 대로 해주자는 마음으로 바뀌게 되었다.

D-day는 2학기 기말고사 끝나는 날이다.

미용실에 앉아서 딸의 뒷머리를 보는데 참 익숙하지 않았다. 끝부분이 한 번씩 탈색될 때마다 사진을 찍어 주면서 내 마음도 달랬다. 그래도 바이올렛 색은 눈에 어색하기만 했다. 일주일이 지나고 색이 빠지고 한 달쯤 되니까 탈색된 단발머리가 익숙해지기 시작했다. 눈에 익숙해지기까지가 참 오래 걸렸다.

"엄마가 한동안 머리 색 때문에 익숙하지 않아서 딸의 머리 색이 어색했어. 딸이 어색한 건 아니고 머리 색만 어색했어. 요즘엔 괜찮아졌어." 하고 말했다.

"엄마! 나는 내 머리스타일 마음에 들어." 딸이 말했다.

"네가 맘에 든다니, 엄마도 괜찮아." 하고 말했다.

겨울방학도 끝나고, 봄방학도 끝났다. 새 학기가 시작되면서 몇 번 출석하지도 않는데 어떻게 할까 하다가 머리를 하나로 묶고 등교하기로 했다. 묶으면 앞에서는 안 보이고 하나로 묶은 머리는 단정해 보였다. 학생다움의 허용은 어디까지일까를 고민하면서 학교에서 주의를 주게 되면 자르거나 검은색으로 염색하기로 했다.

"엄마, 내가 머리 탈색한 거 아무도 몰라. 신기하지?" 첫날 등교하고 말했다.

신기한 일은 그다음부터 일어났다. 딸의 주변으로 아이들이 모이며 긍정의 관심을 보이기 시작했다. 학교에서 모범생이고 바른 소리 잘하고 도서관에 자주 가던 아이가 탈색을 할 줄 몰랐다며, 그 무언가에 동질감을 느낀 듯 이것저것 물어보더란다. 딸은 부러워하는 친구들에게 탈색과 염색의 경험을 이야기하고, 부모님을 어떻게 설득했는지에 대한 이야기를 했다고 했다. 그러면서 친구들은 딸의 상냥하고 다정한 장점을 느낀 것 같다. 딸은 대면 수업이 있는 날 앞뒤로 앉은 친구들과 문제를 외우고 시험 후 정답을 확인하며 학교생활이 즐겁고 행복해졌다.

"엄마! 나는 예쁜 것 같아. 행복해. 인싸인 것 같아. 나는 모르겠는데 친구들이 인싸래." 하며 신나 하고 샤방샤방한 밝은 모습으로 말한다.

겨울방학이 오는 계절이다. 한 번 머리 길이를 잘랐고 끝에 조금 탈색이 남았다. 지금은 머리를 풀고 있어도 괜찮고, 반묶음도 익숙하다. 세련되어 보인다. 친구들이 예쁘다고 하니까 딸은 다음 번에 어떤 색으로 할지는 고민도 아니라고 말했다. 탈색해서 인생이 행복해졌다고 하니 언제든지 가능하다. 시대에 따라서 학생다움을 유연하게 조절하는 것도 필요한 것 같다. 나도 뿌리염색을 할 때가 되었다. 거울 속 나는 탈색이 필요가 없는 흰 머리 색이다. 다른 색은 선택할 수 없고 꼭 흰머리염색 전용으로만 해야하는 것이 아쉽다. 나는 앞으로도 '아싸'지만 딸은 행복한 '인싸'가되길 바란다.

'엄마' 때 vs '너' 때 시험 후, 독립+영화

나는 고등학교 때 기말시험을 마치면 뭘 했지? 그때 생기기 시작했던 롯데리아에 가서 감자튀김, 셰이크, 얼음 있는 탄산음료를 먹고, 아트박스에 가서 신상 필기구를 구경했다. 공부는 그냥 그런대로 하는 품행이 바른 모범생이었다. 시험을 본 다음 날 반 친구가 어제 본 영화 이야기를 하면 부러웠다. 극장이 나에게는 자유롭게 허용되는 공간이 아니었다. 「어른들은 몰라요」, 「20살까지만 살고 싶어요」, 「행복은 성적순이 아니잖아요」 등의 영화는 고3의 이야기이지만 나는 볼 수 없는 영화였다. 영화 「써니」의 배경이 나의 고등학교 때와 비슷한 시기이다. 최루탄, 대학생들의 시위, 사복패션, 롤러장, 마이마이, 이문세의 「별이 빛나는 밤에」 라디오를 듣던 시절이다.

딸 중3

요즘 딸아이는 시험계획을 세우듯 시험 후 노는 계획도 촘촘히 짠다. 용돈도 미리 모아두고, 공연 표도 미리미리 예약한다. 10시에 학교 앞에서 만나고, 점심은 현대백화점에서 먹고, 교보에서 신상 문구 구경하고 디큐브시티 가서 뮤지컬 「시카고」를 본다. 놀다 피곤하면 엄마 찬스로 집에 온다. 딸들은 여유롭고 럭셔리하고 편하게 하루를 논다. 똘똘한 딸들은 노는 것도 마음에 들게 논다.

아들 중2

아들이 1학기 기말시험을 마치고 처음으로 놀러 가기로 했다. 당일 날 와서 이야기한다.

"엄마! 친구들이랑 놀러 가기로 했는데 얼마를 줄 거야?"

앞에 서서 말한다.

"엉? 언제?" 처음 듣는 말이라 의아해서 물었다.

"지금, 6시에 학교 앞에서 친구와 만나기로 했어."

당연한 듯이 말한다.

"뭐 할 거니?" 하고 물었다.

"몰라, 만나서 생각하기로 했어. 영화를 보고 밥을 먹을까? 밥을 먹고 영화를 볼까? 얼마를 줄 거야, 빨리 줘." 아들은 고민하면서 말을 한다.

"영화 보고, 저녁 먹고, 음료도 마시려면 5만 원이면 되겠네, 버스카드 있지? 용돈 있는 거 가져가면 되겠네…"

지갑을 열면서 말을 했다.

"용돈 없는데, 다 썼어, 더 줘…" 당장이라도 나갈 것 같다.

'아들들은 다 그런가? 내 아들만 그런가? 무계획이 계획인 건가. 6시에 나가서 언제 올까? 말려 봐야 집에서 화만 내고, 엄마 때문에 못 놀았다고 속상해하는 꼴을 보느니, 나가라 나가, 나가서 놀다 와라.' 이런 저런 생각을 해보지만 알 수가 없다. 공부를 하기는 하고 시험을 보는지, 기말시험에 스트레스가 얼마나 있는지 알 수 없다. '중2가 되었는데 친구들과 제대로 놀아 보지도 못하고 매일 집에서 온라인으로 수업을 하니 아들도 답답하겠구나.' 하는 생각이 들었다.

아들에게 전화가 왔다. 두끼에 가서 떡볶이를 먹으려고 했는데 시간이 늦어서 못 먹고 옆집에 가서 불친절한 아줌마의 맛없는 돈가스를 먹었단다. 이야기를 들어보니 6시에 만나기로 한 친구가 늦게 왔고, 목동까지 걸어가서 8시가 넘었단다. 영화를 보면 11시가 넘는데 집에 갈 때는 버스를 타고 올 거라고 했다. 지금 독립 중이고 알아서 하니까 걱정하지 말라고 말했다.

맛있는 밥을 먹고 시원한 데 가서 재미난 영화를 보고 온다고 생각했다. 아들들이 함께 있으니까 잘 놀다가 올 것이라고 생각했지 무더운 7월 열대야 삼복더위에 걸어 다니고 구박받으며 맛없는 돈가스를 먹을 줄은 몰랐다. 11시가 넘었고 버스를 타고 오면 늦어도 12시쯤 될 거라 생각했다. 전화를 할까 하다가 집에 금방 들어갈 건데 전화한다고 귀찮아할까 봐 안 했다. 그리고 알아서 한다니까 기다려 보기로 했다.

전화가 왔다. 영화를 보고 집에 돌아오는 버스를 탔는데 집과 반대방향으로 갔단다. 목동은 대부분 일방통행 길이라서 아들들이 헷갈렸구나 생각되었다. 처음에는 모든 것이 좋았단다. 늦은 밤에 자유를 만끽하며 버스를 기다리고, 버스에 타서는 집으로 가는 방향이 비슷해서 더 가야 한다고 생각했고, 다리를 건너고 있었다고 했다. '잘못 왔구나.' 하는 생각에 버스에서 내려서 지나왔던 길을 걸어가기로 했단다. 걸으면 금방이라고 친구가 말해서 걷기로 했는데 생각보다 다리가 길어서 한참 걸었다고 했다. 금방이니까 알아서 집에 잘 간다고 걱정하지 말라고 했다.

전화를 끊고 나니 이런저런 생각이 들었다.

'이런 한강을 건너서 갔구나…. 양화대교를 건넜나?, 교통편이 없을 텐데…. 알아서 온다니…. 뭘 자꾸 걸어서 온대…. 이런 대기하고 있어야겠다.'

저녁에 시원한 맥주를 한 캔 먹고 싶었는데 안 먹기를 잘했다는 생각이 들었다. 자정이 넘어 2시가 가까이 되었는데 전화가 걸려 왔다.

"엄마, 버스 타고 갈 거야, 친구가 버스 온대. 알아서 갈게." 아직은 괜찮은지 밝은 목소리로 말했다.

분명 버스는 오지 않을 시간이다. 20분쯤 지났을 때 독립이고 뭐고 마라톤도 완주가 목적이지만 힘들면 구급차를 타고 결승점에 간다는데 지금 데리러 가야겠다는 생각이 들었다. 아들에게 전화를 걸었다.

"아들아 엄마가 갈게." 부드럽게 말했다. 큰소리로 말하면 계속 걸어온다고 고집부릴 것 같아서였다.

"괜찮은데." 미안한 듯 말한다.

"엄마가 아들들 주우러 갈게." 진지하게 말하면 알아서 간다고 할까 봐 장난스럽게 이야기했다.

"키득키득. 야! 우리 엄마가 줍줍하러 온대." 옆에 친구에게 신나서 말한다.

"어디니? 보이는 건물 뭐가 있니?" 자동차 키를 찾으며 말했다.

"건물은 없는데, 더워. 엄마." 하고 말한다.

"근처 버스 정류장 가서 번호를 찾아서 알려줘. 갈게." 엘리베이터 버튼을 누르며 말했다.

"알았어." 하고 아들은 차분한 목소리로 말한다.

"편의점에 가서 시원한 거 먹고 있어." 말하고 운전대를 잡고 출발했다.

딸과 아들은 다른 것인지 우리 집만 그런 것인지 어쩜 이렇게도 허술하고 서투를까?

버스정류장에서 아들들을 만나고 차에 태우니 시원하다고 했다. '더운 여름날 열대야가 기승인데 한강 다리 왔다 갔다 걸었으니 기운이 없기도 하겠구나.' 생각이 들었다. 걷고 또 걸은 걸 보면 기운이 넘치는 것 같은데 뒷자리에 앉은 아들들은 혼날까 봐 그러는지 말이 없이 서로 카톡만 주고받았다. 아들 친구가 지난번에 성적 때문에 혼나서 혹시나 집에 안 들어갈까 걱정이 되어 아파트 앞까지 들어가는 것을 확인하고 차를 돌렸다.

"엄마, 친구 집에 들어갔대. 문자 왔어." 아들이 핸드폰을 보며 말했다.

"다음에는 좀 일찍 만나서 놀아. 잘못한 것도 없고 문제 될 것도 없는데 엄마가 걱정한 이유는 너무 늦은 시간이잖아. 6시간 놀려면 3시에 만나서 9시쯤에는 집에 와야 돼. 집에서 얼마나 걱정했는데." 조용히 말하니 알았다고 대답한다. 혼날 줄 알았는데 달래주어 긴장이 풀어졌는지 친구와 버스정류장에서 있었던 일을 이야기했다.

"우리 엄마 금방 올 거야." 아들이 말했다.

"그런데 너희 엄마가 너만 주워가고 나는 안 주워가면 어떻게 하지?" 친구가 말했다.

"걱정하지 마. 너도 주워 갈 거야." 아들이 말했다.

"안 주워가면 차 뒤에 매달려 갈까?" 친구가 말했다.

도대체 이런 이야기를 서로 진지하게 하면 위로가 되나? 원래 아들들은 그런 건지 알 수가 없다.

지금도 아들은 그날을 큰 모험처럼 신나게 이야기한다. 그 밤에 걷는 길이 좋았고, 별도 반짝이고 달도 크게 빛나서 좋았고, 한강 다리 건너며 나눴던 이야기도 좋았고 엄마가 데리러 와서 정말 고마웠단다.

"길거리에서 나 주워줘서 고마워." 하며 아들이 다정하게 말했다.

"그래. 별일 없이 그곳에 있어 줘서 엄마도 고마워." 하고 진심을 말했다.

아들아, 이런 독립은 언제든 할 테니까 언제든 하렴. 서툴고 허술하지만 경험하다 보면 방법을 알아 가겠지. 그때까지 잘 기다려 줄게. 사랑한다.

아들의 노래

먹을 거 먹을 거 먹을 거

고래처럼 생긴 고래밥
꼬깔콘처럼 생긴 꼬깔콘
짱구처럼 생긴 꿀짱구

치킨 치킨 치킨

치킨집에 시집 가라
치킨집에 시집 못 가

나는 남자라서

치킨 치킨 치킨
먹어 먹어 먹어

그래도
예쁜 내 아들

The 스마트한 아들, ther 스마트한 엄마

　　다른 집도 1인 1PC인가? 갑자기 시행된 비대면 Zoom 수업은 집에 노트북이 두 대가 있었으니 다행이지 없었으면 곤란했을 것 같다. 1년 동안 그럭저럭 버텼는데 이제는 한계가 왔다. 아들이 누구도 있고, 누구누구도 있는데 자기만 없다면서 태블릿 PC를 사달라고 졸랐다.

　　"엄마! 아이들이 그러는데, A사가 좋대, B사는 별로래." 하며 이야기를 했다.

　　"그렇구나." 하고 나는 시큰둥하게 대답을 했다.

　　"그러니까 엄마! A사는 1세대 2세대 3세대 4세대 있는데 4세대가 제일 좋고 최근에 나왔대." 하며 아는 정보를 말했다.

　　"응." 하고 대충 대답했다.

　　"이거 사자. 내 개인 패드가 있으면 좋겠다." 하고 아들이 졸랐다.

"안 산다. 200만 원도 훨씬 넘는 걸 혼자 쓴다고? 너만 생각하니? 누나도 있고 아빠도 필요한데…." 딱 잘라서 말했다.

"뭐야! 우리 집은 가난한 거야…, 치. 사줘, 사줘, 잉~." 하며 서운해했다.

이런 저런 이유를 대면서 엄마를 설득, 회유, 협박, 협상을 하러 매일같이 온다. 가난하든 여유 있든 이제 아이들이 원하는 전자 제품은 너무 고가이다. 카드로 할부를 한다고 해도 부담이 크다.

"친구는 80점 이상 받으면 사주기로 했대, 나도 기말시험 70점 이상 받으면 사줄 거야?" 하며 아들이 슬쩍 물었다.

"한 과목이라도 그렇게 되면 좋겠다. 생각해 볼게." 하고 관심을 보이며 말했다.

아들은 성적 점수로 협상을 하는 것이 제일 쉽게 엄마가 관심을 보일 것이라고 생각한 것 같다. 좋은 성적이 벼락치기로 나올 수 없겠지만, 그래도 좋은 성적을 기대해 보았다.

기말시험이 끝났다.

"엄마, 친구가 80점 못 넘었는데 거짓말했다가 아빠한테 엄청 혼났대, 엄마는 아파서 누워있고, 친구는 집 나가고 싶대." 하며 들어오면서 이야기했다.

"친구가 엄청 갖고 싶었나 보네." 설거지를 하며 말했다.

"엄마! 당연하지, 엄청 갖고 싶은데, 나도." 라고 말하는데 아이의 마음이 전해졌다. '너무 갖고 싶으면 딴짓도 하겠구나.' 생각이 들었다. 여름방학이 일주일 남았고 2학기는 전면 대면 수업이라지만 그래도 사줘야 할 것 같아서 아들과 매장에 같이 갔다. 엄마가 아무거나 사올 것 같다고 못 믿겠다며 같이 가야 한단다. 이것저것 매장 직원과 묻고 이야기를 하는데 내가 모르는 내용도 척척 묻고 답한다. 뭐 결함이 있다고 하는데 그 기종은 아니냐며 확인하는 아들 참 스마트하다는 생각과 공부를 그렇게 하면 좋겠다는 생각이 동시에 들었다. 딸과 아들이 원했던 최신형 태블릿 2대로 결정했다.

매장에서 제품을 확인하며 포장을 바로 뜯었다.

"엄마, 너무 떨려서 심장이 쿵쿵해. 이건 말이지 언박싱이라는 거야. 이런 건 사진 찍어서 기록해야 하는 거야. 카톡 프사에 올려야지, 정말 내 거야! 나 혼자 쓰는 거지? 완전 좋다. 내 친구는 아직 못 샀는데 자랑해야지. 완전 신나." 하며 사진을 찍었다. 심장이 떨리고 기분이 날아갈 것처럼 좋을까? 네가 좋으니 나도 좋기는 하다만 아들의 속내를 모르는 엄마가 있을까? 오늘부터 더 신나게 베틀그라운드 게임을 하고 있을 것을 생각하니 '내가 왜 샀을까?' 하는 생각이 들었다. 아들의 말처럼 학교수업도 잘하고 인터넷 강의도 잘 듣는다면 얼마나 좋을까?

　2학기가 시작되었다. 전면 대면 수업이라고 기대를 했는데 비대면 온라인 수업으로 올해도 그렇게 지내나 보다. 학부모 회의도 부모 교육도 친구들 모임까지도 Zoom으로 하고 배달앱, 택시앱, 장보기앱, 사교육앱, 교환마캣앱, 메타버스 콘서트 등으로 더 빠르게 스마트한 세상이 되어간다. 친구들 모임도 당연히 Zoom으로 한다. 빠른 디지털 세상에 금방 익숙해지지 않는 나는 친절한 딸과 스마트한 아들이 함께 있어서 좋다. 궁금함을 묻고 해결할 수 있어서 참 다행이다.

잔소리는 빼고 꾹 참기는 더하면, 딸의 사랑이 보인다

사회복지사 1급 시험을 보는 날이다. 마음은 잘하고 싶은데 계획대로 잘 준비하지 못했다. '문득 아이들도 그렇겠구나.' 생각이 들었다. 아이들이 하는 것을 경험해보면 그때 왜 그렇게 말하고 행동했는지 미안하다.

딸과 아들에게 10살까지 5년 동안 발레를 배우게 했다. 그때는 발레에 미쳐 있었다. 아이들이 발레에 미쳐 있는 것이 아니라 공연도 하고 대회도 나가고 우수상이라는 결과가 좋으니까 내가 더 열심히 미쳐 있었다. 발레를 할 때 손끝과 발끝의 모양이 같은 동작을 몇 번씩이나 다시 하는데 왜 안 되냐며 반복하는 딸과 아들에게 말했다. 초등학교 때는 토요일에 사물악기를 배우게 했다. 사물악기를 할 때는 다른 단원들과 팔 높이가 다르게 보여 높이 들어서 해야 잘하는 것이라고 몇 시간씩 연습하는 딸과 아들에게 말했다. 힘들어 하는 것보다 팔 높이와 허리의 추임새만 보였다. 지금은 나도 발레나 전통악기를 잘하는 것이 엄마의 의지로만 되는 것이 아님을 안다. 그때의 경험은 나와 딸과 아들에게 귀중한 추억으로 소장되어 있다.

사회복지사 1급 시험을 보기 위해 일찍 준비하고 나섰다. 한 시간 전에 도착해서 책을 보려고 일찍 출발했다. 전날 필기도구와 수험표와 방석까지 꼼꼼하게 분명히 챙겼는데 신분증이 없다. 머릿속이 더웠다 추웠다 반복했다. 시험 고사처에 물어봐도 국가시험을 보는데 어떻게 신분증을 두고 올 수 있냐며 시험응시는 할 수가 없다고 말했다. '일 년을 다시 준비하고 기대려야 하는 상황에서 잘 준비를 하지 못했으니 포기를 할까? 시험 보기 전까지 한 시간이 넘는 여유가 있으니 집에 다녀올까?' 하는 마음이 왔다 갔다 했다. 시간을 계산하니 교통의 흐름도 복잡한 때가 아니라서 택시 타고 27분, 왕복하면 한 시간 이내로 시험 시작 5분 전에 도착할 수도 있을 것 같았다.

택시를 타고 딸에게 전화를 했다. 전화를 안 받는다. 아들에게 전화를 했다. 전화를 안 받는다. 자나 보다. 택시에서 내려 집으로 올라가는 엘리베이터를 타고 왔다 갔다 하면 늦을 것이라는 생각에 다시 딸에게 전화를 걸었다. 한 번 끊고, 두 번 끊고, 다섯 번쯤 걸었을 때 전화를 받았다.

"여보세요." 하고 딸은 금방 잠에서 깬 목소리로 전화를 받았다. 화를 낼 뻔했다. 어제 핸드폰 늦게까지 보더니 아침에 못 일어나는 것이라고 잔소리할 뻔했다.

이번에 시험을 못 보면 1년을 기다려야 하니 꾹 참고 말했다. 시험 보러 갔는데 신분증이 없어서 가지러 가는 중이니 엄마 방에 가서 화장대의 빨강체리지갑을 찾아서 주차장 입구로 가지고 와 달라고 했다. 7분 뒤에 도착하니까 얼른 나와 달라고 하고 주차장 입구에서 대기하고 있었다. 1분도 아껴야 하는 시간에 내 마음처럼 빨리 나와 주지 않는 딸에게 전화를 걸었다. 안 받는다. 화장대 위에 잘 보이는 빨강체리지갑을 찾았는지 못 찾았는지 알 수가 없다. 또 전화를 걸었다.

"그만 좀 전화해. 찾았어. 내려가는 중이야." 짜증이 나는 목소리였다.

딸이 보였다. 화를 낼 뻔했다. 머리도 곱게 빗고 옷도 가지런히 예쁘게 입고 구두도 신고 나온 딸에게 잔소리를 할 뻔했다. 시간이 걸린 이유를 알 것도 같았다. 바빠 죽겠는데 너 참 너무한다고, 내가 얼마나 급한데 빨리 못 가져오냐고 말은 못하고 마음속으로 화를 내고 있었다. 그 순간 딸이 말했다.

"엄마, 파이팅! 시험 잘 봐!" 하며 계단을 올라갔다.

택시를 타고 시험장으로 돌아가는데 엄마의 부탁으로 아침잠도 못 자고 추워서 나오기 싫고 화도 났을 텐데 나온 딸에게 고맙고 미안했다. 딸이 하는 일에는 화를 내는 것도 빼고, 잔소리도 빼고 응원만 더해야겠다는 다짐을 했다. 딸 사랑해.

사춘기 자녀와 방문의 각도

딸과 아들을 키울 때 가장 신경 썼던 건 관계이다. 젖먹이와의 관계는 완전밀착이다. 배에 붙거나 등에 붙거나 한 몸과 같다. 수유할 때, 화장실 갈 때, 밥 먹을 때, 무얼 하든 예외는 없다. 아이는 엄마가 보여야 하고, 엄마도 아이가 보여야 안심이 된다. 18개월 차이의 연년생을 혼자서 감당하다 보면 나는 없다. 엄마와 아이는 셋이서 한 몸이 되는 거다. 아이들이 걷기 시작하면 좀 떨어지는 사이가 되지만 여전히 씻기고 먹이고 근거리형 밀착이다. 면티에 운동화를 신고, 물티슈와 빨대 물병이 들어 있는 천 가방이 한 몸으로 따라붙는다. 한두 돌이 된 아이들을 키울 때는 작은 가방 하나만 들고 외출하는 일이 있을까 상상도 못 했는데 살다 보니 핸드폰과 립스틱을 미니백에 넣고 다니는 날이 오기는 온다.

딸과 아들이 초등학교 4학년과 3학년쯤 되니 각자의 방이 필요해지는 시기가 되었다. 방이 3개 있는 집으로 이사 갔을 때 아이들은 엄청나게 좋아했다. 딸 방은 내가 갖고 싶었던 로망과도 같은 방이고 아들 방은 남편이 갖고 싶던 방이다.

"내 방은 공주 방이야. 완전 좋아. 흰색이랑 핑꾸다 핑꾸, 발레리나 좋아." 하며 딸이 좋아한다.

"개구리 잎이다. 크다. 침대 밑에 서랍도 있네. 여기다 장난감 넣어야지." 하고 아들은 침대 서랍을 열어 본다.

이제부터는 딸과 아들의 물건이 각자의 방으로, 각자의 방에서 놀고 거실에 안 들고 나왔으면 했는데 각자 방에서도 어지르고 거실에서 어지르고 살았다. 공주 방과 개구리 방은 자기구역이라면서 들어오지 말라고 한다.

그날부터 각자의 방에서 잘 줄 알았는데 혼자 잠을 자러 가기까지는 한 6개월 정도 걸린 것 같다. 낮에는 방에서 놀고 거실에서 어지르고 밤에는 같이 잤다. 그러다 가끔 자러 가고 하루 걸러서 자러 가고, 어느 순간 자연스럽게 각자의 침대에서 잔다. 6개월쯤 지나면 활짝 열려 있던 방문이 반쯤 닫혀 있다가 또 6개월이 지나면 완전히 닫혀 있고, 그다음은 잠근다. 화가 난다. 어릴 때는 그렇게 한 몸이 되어 붙어 있더니만 이제는 문을 열 때도 똑똑 노크

하고 허락을 받고 들어오란다. 치사한 생각이 든다. 엄마가 필요할 때는 자고 있거나 쉬고 있거나 언제든 상관없이 몇 번이고 들락거리면서 자기들 방에 들어올 때 허락을 받고 들어오란다. 딸과 아들에게 화를 냈다.

"방문 잠그지 마라! 나는 너무 싫다. 방문이 닫혀 있을 때는 들어오지 말라는 뜻으로 알고 있을게, 안 들어간다. 혹시나 안에서 무슨 일이라도 생기면 도와줄 수가 없구나." 정색을 하며 이야기했다. 그렇게 말은 했지만 단절되었다고 느껴졌고, 나를 안 믿는구나 생각이 들어 속상하고 우울한 기분마저 들었다.

아이들이 2살과 3살의 겨울에 낮잠 잘 때 있었던 일이다. 혹시나 깰까 봐 소리 안 나게 방문을 닫았다. 유난히 눈이 많은 겨울이었다. 뉴스에서 폭설이라면서 도로에 자동차가 천천히 움직이는 장면이 나왔다. 뉴스에서 박대기 기자가 눈사람이 되었다. 아이들이 잠에서 깼나 보다. 방문 손잡이를 돌리는데 움직이지 않는다. 순간 서늘한 느낌이 머리카락 끝에서부터 느껴진다. 방안에서 문이 잠겼다. 시간은 가고 아이들은 징징거리다 울기 시작했다. 바깥에 눈이 펑펑, 나는 눈물이 펑펑. 남편에게 전화를 걸었다. 1시간쯤 지났을까, 문래동에서 오토바이를 타고 눈사람이 된 남편이 왔다. 놀라고 걱정된 바깥의 찬 기운이 한꺼번에 집안으로 들어왔다. 가져온 연장통에서 연장을 꺼내더니 방문 손잡이를 분리했다. 부쉈다. 아이들은 눈물이 펑펑, 나도 눈물이 펑펑. 그 날 이후로 우리는 이사를 갈 때까지 방문 손잡이는 잠금장치가 없는 상태로 사용했다.

  중학생이 된 딸과 아들에게 이야기했다. 그런 일이 있었으니 방문만은 잠그지 말자고. 그날 엄마는 정말 무서웠고, 밖에서 아무 것도 할 수 없는 느낌은 떠올리기도 싫다고 말했다. 딸과 아들은 나를 이해해주는 것 같았고 나도 아이들을 이해하기로 했다.

  요즘 방문의 각도는 그냥 그렇다. 열려 있을 때도 있고 닫혀 있을 때도 있고. 신경을 쓰면 쓰이고 안 쓰면 안 쓰인다. 딸과 아들의 방문이 닫혀 있다고 해서 나를 외면하거나 거절하거나 외롭게 한다거나 의도가 있는 것은 아닌 것 같다. 나도 지금처럼 글을 쓸 때 딸과 아들이 너무 관심을 보이면 쑥스럽고 당황스러우니까 그냥 자연스럽게 때가 되어서 집중하고 싶은 일들이 생겼다고 생각한다. 그것이 게임이든 친구들 수다든 혼자 감당할 수 있는 정도의 비밀이 생기는 거다. 자신이 하고자 하는 일에 더 집중하고 싶을 뿐이라는 것을 아이들과 이야기하고 알게 되었다.

여행 파워

       에너지가 일정하게 쓰이는 때가 있다. 딸과 아들이 유치원에 들어가고 몇 개월이 지나면 규칙적인 삶이 된다. 아침에 일어나서 씻기고 먹이고 가방 메고 9시쯤 유치원에 데려다주고, 집에 와서 설거지와 방 청소를 하고, 은행 일을 보러 잠시 밖에 나갔다가, 돌아오는 길에 시장을 보고 집에 온다. 대충 점심을 먹고 간식을 준비하면 아이들을 데리러 갈 시간이다. 잠깐의 틈도 없는 규칙적인 삶이다. 내 시간이 있는 것도 같은데 나는 있고 내 시간은 없다.

  예전에 나는 꽃 일을 잘하고, 꽃도 잘 가르치고, 파티도 잘 기획하고, 외국에서 꽃 공부도 한 미국플라워디자이너협회 AIFD 회원이다. 한마디로 꽃으로 놀 줄 아는 꽃의 여신이다. 지금이야 드라마 좋아하는 아줌마지만 예전에는 그랬다. 함께 일하던 팀원의 전화가 왔다. 뭐하냐고 안부를 묻더니 부산으로 놀러 가자고 했다. 남편은 감사하게도 잘 놀다가 오라고 했고, 주말에 연년생 딸과 아들을 어떻게 돌볼까 걱정은 하지 않기로 했다. 1박, 정신이 번쩍 들었다. 누구도 돌보지 않고 나만을 위한 시간을 쓸 수 있다고 생각하니 마음이 설레었다. 시간을 되돌려 함께 했던 팀원들과 그때의 기분을 낼 수도 있다. 딸과 아들을 키우면서 하이힐 신기, 네일아트하기, 화려한 칵테일 마시기가 하고 싶었다.

용산역에서 만난 그녀들도 딸과 아들에게 벗어나 자신의 시간을 찾은 것처럼 온통 블랙으로 버버리로 레이스와 꽃무늬로 하이힐로 개성이 넘쳤다. 용산역에서 7시에 만나서 KTX를 타고 부산으로 가면서 '개통된 지가 언제인데 인제 타 보는구나.' 생각했다. 부산에 도착해서 조용하고 깨끗한 스카이라운지가 있는 호텔을 정했는데 어딘지 기억이 나지는 않는다. 유명하다는 밀면도 먹고 회도 먹고 서울까지 소문난 신세계백화점 부산점도 가고 동백꽃이 가득한 동백공원도 가고 저녁에는 화려한 칵테일바를 찾아서 이름난 스카이라운지 순례를 했다. 서울보다 못하다 흉도 보고 메뉴판 윗줄부터 아랫줄까지 주문했다.

다음날은 호텔 조식을 먹고 국제 시장에 갔는데 딸과 아들의 예쁜 옷가지와 반찬하면 맛있을 부산 어묵과 난전에서 파는 청소용품이 눈에 들어 왔다. 그녀들은 아이들의 옷을 고르고, 부산 어묵을 사고, 멸치를 사고, 국제시장에서만 판다는 오래가는 립스틱을 사고, 이것저것 시장을 보기 시작했다. 점심은 국제시장 길거리 떡볶이를 먹었고 괜찮은 곳에서 여유롭게 커피를 마셨다. 서울에 두고 온 삶도 나의 일부이고 과거의 삶도 나의 일부이고 지금 여기의 삶도 나의 일부인 것처럼 모두 자연스럽게 느껴졌다.

돌아오는 KTX에서 내 몸 어느 구석에 있는 에너지의 소용돌이가 느껴졌다. 열정적인 에너지가 생성되는 느낌이었다. '아이들과 여행을 다녀야겠구나! 어디를 갈까? 제주도를 가자. 노래에도 있다. 제주도 푸른 밤, 보러 가자. 낮에는 바다에서 놀고 더운 날은 박물관도 가고. 이렇게 다니는 게 좋은데 아이들과 다니면 더 좋겠다. 매일 지나는 날 새로운 에너지로 채워 가면서 살고 싶다.'라는 생각이 계속되었다.

밤 12시가 되기 전에 집에 돌아왔을 땐 딸도 아들도 자고 남편도 자고 있었다. 아빠의 양팔에서 아이들이 잔다. 얼마나 바빴을지 말하지 않아도 알 수 있었다.

"나 돌아왔어요."

아이들이 깰까 봐 남편의 귀에 조용히 말했다.

"어서 와." 눈을 감고 자면서 남편이 말했다.

"제주도 여행을 가야겠어요." 하고 말했다.

"안 돼, 힘들었어." 하고 남편은 돌아누웠다.

그다음 해 늦봄에 6살과 5살이 된 딸과 아들을 데리고 제주도에서 한 달 살기를 시작했다. 그다음 해부터 TV 프로그램에서 제주도에서 한 달 살기는 화제가 되기 시작했다. 그다음 해는 울릉도에서 살았다. 살아보니 한 달까지는 내가 힘이 들어서 병이 날 것 같다. 울릉도는 3주 있었고 독도에도 다녀왔다. 다음 여름방학은 경주에서 3주를 살았고, 다음은 강원도에서 한 달 동안 여름방학을 지냈다. 1박의 부산여행으로 나는 그렇게 딸과 아들과 함께할 수 있는 에너지를 생성했다.

다시 펼쳐본 사진 속의 딸과 아들이 참 건강하고 예쁘다. '이렇게 작고 조그만 딸과 아들을 데리고 셋이 겁도 없이 여행을 다녔구나.' 하는 생각이 새삼 든다. 그때의 일기는 지금도 나에게 몸도 마음도 건강하게 가족과 함께할 수 있는 에너지를 준다.

2012년 5월 4일 금요일

서울에서 목포항, 목포에서 제주항 출발!

아직 잘 모르겠다.

그냥 잠깐 다녀오는 당일 여행의 기분 정도이다. 날씨가 좋고, 아이들의 기분도 좋아서 나도 좋다.

걱정?

하루 전날 택배로 보낸 살림들이 잘 도착했을까? 하는 정도다. 제주시 노형동에 집을 구한 건 어쩌면 행운이었는지도 모른다. 50군데의 부동산에 100번 정도 전화를 해서 얻은 집이었다.

조건은 한 달 월세 계약이고 보증금이 조금 비싸도 되며, 아이들이 아플 것을 대비해서 병원이 가까워야 할 것, 난방시설과 냉방시설이 갖추어진 곳, 해가 잘 들고 전망이 좋을 것, 취사와 세탁을 할 수 있어야 할 것을 조건으로 집을 찾았다.

진행하면서 '가능할 수 없겠구나.' 했는데 좋은 전망을 포기하니 딱 좋은 집을 계약할 수 있었다. 전화로 5월 4일 7시 도착 예정이니까 꼭 남겨두라고, 계약 꼭 할 거라고 한 달 월세부터 온라인 송금했다. 낯선 차를 운전하는 것보다 손에 익숙하고 아이들과 많은 짐을 감당하기에 자차가 안전하다 생각됐다. 렌트 비용도 꽤 비싸서 차를 가져가기로 했다. 비행기가 아닌 배로 차를 화물로 싣고 제주도로 출발했다.

인천항에서 출발하려고 했으나, 집 계약 날짜와 아이들과 아내가 살 집이 너무 궁금한 남편이 함께 가고 싶어 해서 제주로 매일 출항하는 배가 있는 목포항에 갔다. 배는 너무 멋졌다. 일등석 객실도 좋았고, 창밖 경치도 바다 한가운데서 해지는 노을도 아름다웠다. 딸은 긴 시간 동안 창밖을 바라보며 남해에 섬이 얼마나 많은지 계속 이야기했다.

2012년 5월 18일 금요일

함덕 서우봉해변

아들의 아침 인사는 "엄마, 오늘은 어디 갈까?"

딸이 대답한다. "동생아, 오늘은 바다 가자, 바다 가서 모래놀이 하자!"

그래서 바다를 갔다. 바다에서는 뭘 하고 놀아도 좋다. 나도 좋고, 아이들도 좋다. 넓은 바다를 보고 자란 아이는 가슴에 품는 마음도 다를 거라고 생각해 본다.

자동차 트렁크 뒤에는 항상 아이들이 갈아입을 옷과, 모래놀이감, 2리터 생수병 4개가 있다. 물론 점심 도시락과 간식은 기본이다. 하늘은 푸르고, 바람은 차고, 해는 뜨겁다. 차에 두면 생수병 물은 아이들이 씻기에 적당한 물로 데워진다.

너희들은 모래를 파~, 엄마는 커피 좀 마셔보자.

<u>2012년 6월 3일 월요일</u>

제주에서 인천항 그리고 집으로, 새로운 여행의 시작이다.

서울에 사는 사람은 섬을 그리워하고 제주에 사는 사람은 육지를 그리워한다.

나도 그럴 테지, 제주도의 바람이 가장 그리울 거야. 아이들은 어떨까?

열정이 넘치는 사람이 되고 싶다. 사용하여 소모되는 열정이 아닌, 차고 넘치는 열정을 가진 에너지 가득한 사람이 되고 싶다.

그때는 나의 추진력과 도전정신과 넘치는 에너지가 있어서 가능한 일이라고 생각했다. 되돌아보면 내가 할 수 있도록 지원해 준 남편과 엄마와 기꺼이 어디라도 함께 한 아이들의 믿음이 있어 가능한 시간들이었다. 그 시간들이 지금의 사춘기 딸과 아들과 나와 남편과의 관계에서 건강하게 함께 하는 믿음의 에너지로 작용하는 것 같다. 나의 든든한 지원자 작은 거인 남편과 별처럼 반짝이는 유성과 호성이 나에게로 와서 귀한 인연이 된 것에 감사한다. 사랑한다.

잠시 멈추었던 경력의 새로운 연결

내가 좋아하는 분야는 아이와 놀기, 꽃하고 놀기, 심리와 노는 것이다. 공교육과 사교육을 구분 못 하던 시기에 사교육 안 하면서 아이를 키우겠다고 했다. 유치원도 사교육인 것을 아이들이 초등학교에 입학하면서 알게 되었고, 교육학을 다시 공부하고, 평생교육사가 되었다. 아이들과 학교를 다니고, 꽃과 함께하는 브런치 학부모 연수를 기획하고, 봉사활동을 열심히 하다가 공부하고 국가공인 예절지도사가 되었다. 아이들이 다니는 학교에서 예절 명예교사로 전 학년을 대상으로 전통예절과 전래놀이와 다례를 하다 보니 실력이 수준급이 되었고, 작은아이 졸업할 때까지 5년 동안 활동했다. 아이들이 초등학교 졸업할 무렵에 학교복지에 관심을 갖게 되었고, 아이들이 중학교 무렵에 대학원에 입학했다. 활발하게 활동하고 열심히 배우고 사람들과 함께했다.

그런데 비대면, 언택트 시기를 보내고 있다. 밖으로 나가는 것도 신경이 쓰이지만 중학생 아이들과 온종일 함께 지내는 것은 무섭다. 딸과 아들이 뭘 어떻게 하는 것도 아닌데, 내 시간과 내 공간이 없어져서 24시간 함께하니 짜증도 나고 힘들다. 밖에서 차 마실 공간도 없고 공원에서 시원한 산책을 할 수도 없고 여행을 갈 수도 없다. 혹시나 코로나에 걸리면 병원에 가는 것보다 딸과 아들이 학교에서 친구에게 따돌림이 있을까 봐 집에 콕 박혀있다. 걱정과 염려는 여러 가지 불쾌감, 미안함, 수고로움에 무기력하게 느껴진다.

안 되겠다. 이렇게 지내다가는 짜증과 무기력이 커질 것만 같다. 용기 내어 일을 해 봐야겠다는 생각이 든다. 꽃과 함께 하는 일은 오래전에 했었지만 버려두었던 능력이다. 신기하게 오래전에 나를 기억하고 있는 센터장이 전화를 걸어 함께 해보자고 했다. 실력 있는 사람은 많지만 가르칠 능력이 있는 사람은 없다며 꽃 수업을 하러 나오라고 했다. 너무도 반갑고 20년 전의 나를 기억하는 것에 감사했다.

처음에는 아침에 일찍 일어나서 집을 나서기 전까지 부지런히 딸과 아들의 아침과 점심을 도시락으로 준비하고 간식과 함께 식탁에 먹을 것들을 줄지어 놓았다. 돌아와 저녁을 하려면 산더미처럼 쌓인 설거지와 먹은 그대로의 식탁은 꼴도 보기 싫었고 화도 났다. 점점 도시락을 싸는 일도 간식을 준비하는 일도 소홀해지기 시작했는데 딸과 아들은 불편해하거나 서운해하지 않았다. 엄마가 있는 날은 엄마 밥을 먹으면 되고, 없는 날은 알아서 챙겨 먹으면 된다고 말했다. 엄마를 덜 필요로 하는 것에 서운한 마음도 있었다.

요즘엔 라면도 끓여 먹고, 샌드위치도 만들어 먹고, 달고나도 만들어 먹는다. 여전히 산더미 같은 설거지와 엉망이 된 부엌이지만 잘 챙겨 먹은 흔적이라고 생각하면 기특하다. 한 끼 굶는다고 어떻게 되는 건 아니니까 괜찮다는 생각을 갖기까지 일 년이 걸린 것 같다. 딸과 아들은 엄마가 없어진 여백의 부엌에서 스스로 생존하는 법을 찾은 것 같다. 딸과 아들은 일주일에 이틀 정도 엄마 없는 부엌을 즐긴다.

오랜만에 꽃시장을 가고 사장님들도 만나고 옛 동료도 반갑게 보고 화훼장식기능사를 목표로 하는 나이 어린 수강생들을 만나서 행복하다. 잠시 멈추었던 경력이 연결되어 한 걸음 앞으로 나아가게 됐다. 수업이 있는 날에 꽃시장을 다녀와 수업을 하고 집으로 돌아와서 아이들을 보면 무척 반갑다.

오늘의 꽃은 수선화와 프리지어의 노란색이 가볍고 강렬하다. 수업에서 남은 꽃을 정리하고 있으니 아이들이 와서 한마디씩 하고 간다.

"수선화네, 프리지어네." 하고 딸이 관심을 보인다.

"밥 줘!" 하며 아들은 쓱 보고 식탁에 앉는다.

"엄마! 밥 줘!" 딸과 아들이 동시에 말한다.

"기다려라, 꽃 정리하고 금방 챙겨줄게. 오면서 삼겹살 사 왔어. 저녁 먹자."

저녁준비를 하고 있는데 엄마는 꽃을 왜 배우러 가냐고 아들이 물었다. 배우러 가는 것이 아니고 꽃을 가르치러 간다고 몇 번을 이야기해도 관심이 없는지 매번 같은 질문을 한다. 뭐라고 말해도 듣고 싶은 대로 듣는 것 같다. 그래도 꽃 수업을 다녀오면 나는 기분이 좋은 상태가 된다.

나의 경력은 연결되어 다음 걸음을 준비하고 있다. 관련 분야의 기능장이 되고 국가시험 심사위원이 되는 것이다. 중학생 딸과 아들을 키우며 대학원에서 복지경영학과 상담심리를 전공하고 졸업했다. 꽃과 심리를 연결해 프로그램을 연구하여 홀로서기를 준비하는 중이다. 어제의 경력으로는 부족할지 모르지만 한 걸음 앞으로 나아가게 되는 내일은 할 수 있을 것 같다.

글을 쓰고 나서

　엄마로 딸과 아들을 키우며 함께하는 경험이 곱고 아름답고 애정만 넘쳤으면 좋겠지만, 외롭고 화나고 우울할 때도 있다. 부모교육에서 만난 6인의 동료들과 글을 쓰고 책을 만들며 '나만 그런 건 아니었구나.' 하는 위로와 용기를 얻는다.

　정신없던 완전한 밀착과 근거리 밀착의 육아를 성장으로 정리하고, 이제는 고등학생이 된 딸과 중학생인 아들과의 현재 관계를 새롭게 생각하게 되었다. 1년 동안 부지런히 진솔하게 쓴 글이 쑥스럽고 부끄럽기도 하다.

　책을 쓰며 6인의 동료들과 진실하게 이야기를 나눌 수 있었다.

　더 없이 귀하고 소중한 그들과 함께한 무한한 시간과 깊게 수용되는 감정과 붉은 심장의 열정과 훌륭한 스승 같은 동료들이 있어서 너무나 따뜻했다.

　뜨겁고 강렬하게 모두를 사랑합니다.

최정심 ■■■

살다 보니 때로는 유머와 용기가 부족한 나, 때로는 작은 나눔으로 행복한 나와
이루지 못한 꿈을 소중히 간직한 나를 만납니다.
그래도 아이가 있어, 가끔은 용감하고 더 많이 행복한 엄마로 살고 있습니다.

여전히 나는 엄마다!

준비된 엄마가 있을까?

나는 지금 한 아이의 엄마이고 누구보다 아이를 사랑하는 엄마이다. 아이를 낳고 키우면서 힘들기도 하지만 세상 어떤 존재보다 소중한 존재라는 것을 매 순간 깨닫는다.

결혼한 지 5년 동안 아이가 생기지 않았다. 그렇지만 남편과 나는 결혼생활에서 아이란 생기면 낳고 안 생기면 할 수 없다는 생각에 그리 절실하지 않았다. 아이들을 무척 좋아하는 편인데도 엄마가 된다는 사실이 겁이 났고, 엄마라는 말을 떠올리면 희생이라는 단어가 먼저 떠올랐다.

아이를 낳기 전, 여가를 제대로 즐길 여유도 없이 일에 치여 살면서 지금은 열심히 일하고 언젠가는 하고 싶은 일을 하면서 살아야겠다고 생각했다. 나에게 아이란 '아이가 얼마나 예쁠까?'보다는 '잘 키울 수 있을까?'라는 생각이 먼저 들었고, 인생의 필요충분조건은 아니라고 가벼이 생각했다. 그것은 한 치 앞을 내다보지 못한 생각이었다. 아이는 태어나는 순간부터 내 중심이 되었다.

일에 지치고 인간관계에 회의가 오기 시작할 무렵 생각지도 않게 아이가 생겼다. 그 순간 나는 그저 얼떨떨했던 것 같다. 무언가 현실적이지 않은 일이 생겨서 기쁘기보다는 놀랍다는 생각이 들었다.

지나고 생각하니 아이가 생기지 않은 5년 동안 괜찮다고 하면서 마음 한편으로는 걱정되었나 보다. '아! 다행이다.'라고 생각했던 것 같다. 임신이라는 사실을 안 순간 그동안 힘들어도 내려놓지 못했던 일을 그만두어야겠다는 생각이 먼저 들었다. 두 가지를 다 잘할 수 없다는 생각에 육아가 우선순위가 되었다. '아, 일을 그만두려고 그랬나 보다. 아이를 잘 키우란 소린가 보다.'라고 새로운 생활에 낯선 나를 위로했다. 그렇게 준비가 안 된 엄마의 삶이 시작되었다.

이제 아이가 곧 태어날 텐데 어떻게 준비해야 할까? 먼저 무엇을 하면 되는 걸까? 아는 게 하나도 없어서 불안했다. 그때는 심신이 완전히 지치고 가라앉은 상태였기 때문에 내 무거운 심리 상태가 아이에게 영향을 끼칠까 봐 두려웠고, 아이를 필요조건이 아니라고 생각했던 것이 배 속의 아이에게 너무 미안했다. 나는 입덧도 심하지 않았고 다른 문제가 거의 없었기 때문에 빨리 심리적인 안정을 찾아야겠다고 생각했다. 사람들을 만나 웃고 떠들고 할 기분 상태는 아니었기 때문에 조용히 혼자 심신 안정을 위해 할 수 있는 일들을 찾아보았다. 만드는 것을 좋아하는 나는 아이에게 줄 여러 가지를 직접 만들었다. 뜨개질을 배워 남편의 조끼와 아이의 담요도 만들고 아이에게 줄 귀여운 동물 비즈 액세서리도 만들었다. 손으로 만드는 일은 단순하면서도 집중력을 요하는 일들이라 그 시간 동안 걱정을 덜 수 있어서 좋았다. 아무 생각 없이 TV를 보기도 하고 그러다 다시 뭐라도 의미 있는 일을 해야겠다는 생각에 여러 가지 공부도 하였다.

임신 기간 중에는 누구나 불안한 마음이 있다고 한다. 그 경중은 다르겠지만 다른 곳으로 신경을 돌릴 수 있는 일을 찾는 것은 불안한 마음을 덜 수 있는 좋은 방법인 것 같다.

그렇게 시간이 흘러 아이가 무사히 태어났고, 그것만으로 감사했다. 그러나 인간은 망각의 동물이 맞는지 감사한 마음은 어느새 무색해지고 욕심이 늘어만 갔다.

아이가 태어나면 친정 부모님의 도움을 받아 일을 다시 시작하려고 친정과 가까운 동네로 이사했다. 매일 출근하다시피 하시면서 도와주셨던 부모님께 정말 감사했지만 다른 육아 방식에 부모님과 많은 트러블도 있었다. 부모님이 키우던 방식대로 아이를 돌보시는 게 마음에 들지 않았다. 도움을 주시길 바라면서 간섭을 받고 싶지는 않았다. 지금 생각해 보면 참 이기적이었다. 좋은 말로 말씀드릴 수도 있었는데 그러지 않았다. 아이를 잘 키우고 싶은 마음만 앞서 다른 것이 보이지 않았다. '부모님이 그 연세에 얼마나 힘드셨을까?'라는 생각은 내가 마음만 앞서고 몸이 따라 주지 않는 나이가 되어서야 겨우 들었다.

준비된 엄마가 얼마나 있을까? 준비가 되지 않은 엄마도 아이가 태어난 순간 엄마의 역할은 시작되고, 아이가 주는 행복한 에너지로 충분히 해낼 수 있다는 사실도 알게 된다. 거기에 더해서 '누군가를 위해 이렇게까지 할 수 있구나!'라는 경험을 하게 되고 엄마가 되지 않으면 알지 못하는 그 일을 해내고 있는 나를 발견한다. 준비가 되지 않았다고 걱정하기보다는 자연스럽게 받아들이고 성장해 가는 아이와 함께 엄마도 성장해 가는 과정을 겪으면 되는 것이다.

말이 통할 때까지 기다려야 한다

처음 아이를 키울 때 제일 힘든 일 중 하나는 말이
통하지 않는 일이었다. 일할 때 나는 부족하다고 생각이 되면 밤
새거나 몰아쳐서 어떻게든 답을 내고야 마는 스타일인데 육아는
그런 게 전혀 먹히지 않았다. 아이가 대단한 사람이 되길 바라지
않았기 때문에 평범하게 아이를 키운다는 것이 그리 어렵지 않을
줄 알았는데, 육아라는 것은 일보다 더 치열한 것이었다. 마라톤
처럼 천천히 오래 가야 하는 엄마의 길을 100m 달리기하듯 뛰어
가던 나는 시작과 함께 지치고 말았다. 우울감이 찾아 왔다. 어
느 날부터인가 현관문조차 나가기 싫었다. 의욕도 없고 힘들다는
생각이 가득한 날들을 보냈다. 아이를 보면 세상 평화롭고 그렇
게 예쁜데, 뜻대로 되지 않음에 힘이 들었다. 답답한 마음을 누
군가와 얘기하고 싶었지만 아이는 말이 통하지 않고 남편은 바빴

다. 말이 통하지 않는다는 것은 얼마나 힘든 일인지…. 갑자기 울음을 터트리거나 팔에 힘이 다 빠질 만큼 안고 토닥거려 주어도 내려놓자마자 다시 우는 아이를 보며 이유조차 알 수 없음에 너무 속이 상했다. 무엇보다 아이가 아프거나 불편함을 호소하는데 엄마가 눈치채지 못할까 봐 두려운 마음이 컸다. 결국 소통이 되지 않는 아이가 답답한 게 아니라 어쩔 줄 모르는 내가 답답한 것이었다.

힘든 시간도 다 지나는 법이라 아이가 걷고 말을 하게 되니 그렇게라도 대화를 한다는 사실이 너무 기뻤다. 의미가 통하지 않으면 어떠냐 싶을 만큼 아이의 말들은 어떤 명대사보다 가슴에 오래 남았다. 나는 그냥 말이 하고 싶었던 걸까? 그런데 상황이 바뀌었다. 내가 아이에게 소통이 안 되는 상대가 되어 버린 것이다. 바로 엄격하게 키워야겠다고 고집한 일이었다.

아이가 걷고 말을 하게 되니 다른 걱정이 생겼다. 하나밖에 없는 딸이 너무 온실의 화초처럼 자라는 게 아닐까 걱정이 되었다. 가뜩이나 손이 귀한 집의 아기는 집안의 모든 어른들의 사랑과 관심을 받으며 바닥에 내려올 일이 없이 자라고 있으니 걱정은 점점 더해갔다. 아이를 잘 키우기 위해서는 단순히 밥을 먹이고 재우는 것 등의 일들만 아니라 세상에 혼자 남겨져도 버틸 수 있고, 넘어져도 혼자 일어서는 법을 가르쳐야 하지 않을까 생각했다. 엄한 어른 한 명쯤 있어야 할 것 같았다. 그럴 사람이 없으니 엄마인 내가 해야겠다고 생각했다. 그렇게 혼자 악역을 자처하며 아이에게 화를 냈다가 속상해했다가를 반복하며 답답해했다.

안 된다고 말하고 큰소리치는 일이 늘어나면서 결국 그 소리는 나에게 하는 소리임을 깨닫고 상처받곤 했다. 잠든 아이 옆에서 미안하다는 말을 반복하면서 마음이 피폐해져 갔다. '언제나 무엇이든 다 들어주는 아빠'로 사는 남편이 원망스럽기도 했다. 이대로는 안 되겠다 싶어서 극복할 무언가를 찾아보았다. 아이로부터 시선을 좀 돌리면 괜찮을까 싶어 자격증 공부도 해보고, 파트타임 일도 해보고, 취미 생활도 찾아보았다. 하지만 그것은 가능한 일이 아니었다. 이미 아이는 내 세상의 중심이었기에 다른 일들은 집중할 수가 없었다.

지금 생각해 보면 소통이 되지 않는 상황을 답답해했으면서 정작 아이의 마음이나 눈물을 무시한 채 내 잣대에 맞추어 판단하고 행동했다. 아이에게 나는 소통이 되지 않는 엄마였던 것이다. 아이는 이유도 모른 채 혼나야 했던 상황이 얼마나 답답했을까?

아이가 행복하게 살길 바란다면서 아이를 울리는 사람이 나였음을 알지 못했다. 그냥 자연스럽게 커가면서 터득하게 해야 하는 일이었는데, 이대로 크면 버릇없고 약하기만 한 어른이 될 것이라고 성급하게 결론짓고 내가 만든 틀에 무작정 맞추려 했다.

소통이란 내 말을 들어줄 이를 찾는 것이 우선이 아니라 상대방의 말을 들을 준비가 되어 있어야 한다는 것을 알았다. 먼저 귀를 기울이고 아이의 마음을 들여다보았다면 나의 양육방식의 문제점이 무엇이었는지 알 수 있었을 것이다.

다행스럽게도 아이는 혼나서 울다가도 금방 환하게 웃는 밝은 아이로 자라주었다. 지금도 어떻게 항상 웃는 얼굴이냐는 소리를 들을 만큼 잘 웃는 아이로 자라 주었지만, 겁이 유난히 많고 엄마를 무서워하는 아이로 자랐다는 것은 내 후회의 몫이 되었다.

그래서 나는 아이를 키울 때 '먼 미래의 아이를 생각하기보다 지금 현재 아이가 조금이라도 웃을 수 있는 선택을 하자.'라는 생각을 하게 되었다. 물론 현실에서 아이가 매 순간 웃을 수 있는 선택을 하기란 쉽지 않지만, 미래를 위해 무조건 견디는 것보다 되도록 지금도 행복하고 나중에도 행복할 수 있는 선택을 하자는 것이다. 아이의 인생을 이미 살아봐서 안다는 이유로 엄마가 판단하지는 말아야 한다고 생각한다. 아이의 입장에 서서 아이가 원

하는 것을 하도록 해주는 엄마가 되자! 이런 생각만으로도 나는

아이에게 조금은 말이 통하는 상대가 된 것은 아닐까?

엄마는 아이에게 좋은 것만 해주고 싶다

아이에게 할 수 있는 한 좋은 것만 해 주고 싶은 마음, 그것이 엄마의 마음이다. 아이에게는 조금 무리를 해서라도 다 해주고 싶은 욕심이 생긴다. 뭐든 해 줄 수 있을 것 같고 실제로 많은 것이 가능해진다. 그리고 엄마는 수시로 아이를 위한 선택의 순간을 만난다. 몸에 좋은 음식, 책, 장난감, 예쁜 옷 등등 그리고 잘 가르치기 위해 끊임없이 선택해야만 한다.

어릴 때는 무조건 놀아야 한다는 생각을 가지고 있어서 책상에 앉아서 하는 교육은 최대한 늦게 시키려고 했다. 그래서 유치원을 최대한 늦게 보내려 했는데, 집에서 엄마와 함께 대부분의 시간을 보내는 아이는 또래 아이들과 놀 기회가 거의 없다는 문제가 생겼다. 가뜩이나 외동아이인데 더 외로울까 봐 걱정되었다. 마침 1년 넘게 기다려야 한다고 해서 미리 대기해 놓은 구립 어린이집에 결원이 생겨 바로 보낼 수 있게 되었다. 친구들과 재미있게 놀 아이를 생각하니 생각보다 일찍 보내게 된 것이 오히려 잘되었다는 생각으로 바뀌었다.

그리고 '이왕 유아교육에 발을 들여놓았으니 더 나은 유치원을 찾아볼까?' 하는 생각이 들었다. 너도나도 조기교육을 해야 한다며 영어 유치원에 보내던 시절이었는데, 나는 영어 공부보다 선생님이 좋다고 소문나고, 넓은 마당이 있는 대학 부속 유치원으로 마음이 갔다.

그러나 대학 부속 유치원은 경쟁률이 높아 운이 좋아야 갈 수 있는 곳이어서 일단 지원이나 해보자고 생각했다. 그때 유치원 경쟁률이 10대1이었는데 유치원 원장님이 제일 처음 추첨함에서 뽑아 부르신 번호가 내 번호였다. 무조건 가야겠다고 생각했다. 유난히 겁 많고 소심한 아이를 보내기에 안성맞춤이라는 생각이 들었다.

집에서 20~30분 정도 걸리는 거리라서 매일 차로 데려다주어야 하지만 괜찮을 것 같았다. 아이에게 좋은 일이라 생각하니 고생이 되더라도 좋을 것 같았다. 그렇게 매일 매일 아이와 함께 유치원 등원을 하는 생활이 시작되었다. 유치원 활동시간이 길지 않아 시간 절약상 주로 유치원 근처 카페에서 기다리다 데리고 오곤 했다.

거리도 적당하고 너무 과하지 않은 유치원이라는 이유로 선택하게 된 아이의 유치원은 생각보다 더 좋았다. 넓은 마당과 마당 끝에 있는 작은 동물 우리도 좋았고, 텃밭이 있는 뒷마당도 좋았다. 조용하고 평화로운 그곳에 아이가 있다는 것만으로도 큰 안정감을 주었다. 아이도 지금까지 그때 너무 좋았다고 말할 만큼 즐겁게 보냈다. 그리고 좋은 인연들도 만나게 되었다.

정보력이 뛰어난 엄마가 아니었던 나는 유치원 시기부터 이미 아이들의 모임이 만들어지고, 그 모임은 결국 엄마들의 모임이 된다는 것도 몰랐다. 아이들 대부분은 유치원이 끝나면 삼삼오오 모여 다른 학원이나 단체운동 같은 것 등을 배우러 갔다. 그러한 활동을 전혀 모르던 나는 여유롭게 아이를 유치원 마당에서 조금 더 놀게 해주고 돌아오는 것이 일과였다.

그리고 아이는 오후 시간을 주로 집에서 책을 읽거나 블록 놀이를 하는 등 움직임이 없는 활동을 하며 보냈다. 그런데 아이가 너무 정적이다 보니 아무래도 성장을 잘하기 위해서는 신체 놀이나 운동을 시켜야겠다는 생각이 들었다.

그러던 중 함께 아이들 운동을 시키자는 유치원 친구 엄마들의 권유로 소위 방과 후 교육이라는 것을 시키게 되었다. 그렇게 나도 삼삼오오 아이와 함께 하는 엄마들 모임의 일원이 되었다. 정보력 없는 나에겐 고마운 일이었다. 때마다 아이에게 필요한 것들을 찾아 함께 할 수 있었다. 신체 운동뿐만 아니라 역사체험, 자연학습 같은 것들을 하면서 아이에게 좋은 경험을 하게 할 수 있어서 좋았다. 그렇게 아이들이 체험하는 동안 엄마들은 차를 마시며 수다를 떨곤 했는데 그 시간들이 한가롭고 여유롭게 느껴졌다.

그러나 내 아이에게 필요한 일이 무엇인지 더 이상 고민하지 않게 된 단점도 있었다. 그 또래의 아이들이 하는 일이 기다리고 있을 뿐이었고, 나는 그들을 따라 할 뿐이었다. 나중에는 아이는 기억하지도 못하는 수많은 경험은 그렇게 시작되었고, 결국 내 기억에만 오래 남아 있는 경험이 되었다. 지금 생각해 보니 아이를 위한 결정에 내가 들어가는 일이 참 많았던 것 같다.

겪어보니 경험이라는 것은 안 하는 것보다는 하는 것이 낫다는 생각이 든다. 다만 그 경험이 꼭 남들이 다 하는 그런 경험이 아니어도 되고 특별하지 않아도 된다는 생각이 든다. '딸기 체험', '양떼목장 체험' 같은 특별한 체험이 아니어도 아이와 함께 바닷가 모래사장 위를 걸으며 작은 게를 잡거나 어느 날 저녁을 먹고 잠시 산책을 하러 간 청계천에 발을 담그던 기억들, 모든 순간들이 아이에게는 새로운 경험이고 세상을 배우는 것이 아닐까? 나도 더 일찍 깨닫고 내 눈높이가 아닌 아이의 눈높이에 맞는 경험을 하게 하는 엄마였으면 좋았을 것 같다.

아이의 경험을 위해? 아이가 핑계가 되었다

내가 어릴 때 집 바로 옆에 놀이터가 있었다. 그럼에도 불구하고 놀이터에서 놀았던 기억이 손꼽을 만큼 부모님은 걱정이 많으신 분들이었다. 위험하다고 못 나가게 하셨다. 바닷가 여행을 가서도 무릎 넘는 물에는 들어가 보지도 못했다. 나는 수영도 할 줄 몰랐고 기차도 대학교 때 처음 타봤다. 해보고 싶은 것이 너무 많고 호기심도 많은 아이였는데, 집 밖을 거의 나가지 못하다 보니 주로 책을 읽으며 상상과 꿈을 꾸는 것으로 대신하게 되었다. 그렇게 지내다 보니 그런 성향들은 마음 깊은 곳으로 들어가 버리고 말았다. 사춘기를 겪으며 소심해지고, 평범하고 바른 학창 시절을 보냈다. 용감하던 나는 어디로 갔을까? 용감한 내가 다시 나타난 때가 딱 한 번 있었다. 고등학교 때 해양소년단이라는 자율 동아리에 들어갔던 일이다. 서핑도 배우고 패러글라이

딩을 하고 하늘을 날 수 있다는 말에 잠시 용기가 났었다. 부모님이 절대 허락해 주시지 않을 것을 알기 때문에 몰래 가입하였다. 결국, 내가 한 체험이라고는 한강에서 엎드린 자세로 서핑보드를 타보는 것이 끝이었지만 이때가 88 서울올림픽을 할 때라 개막식 행사에 참가했던 멋진 추억이 남았다. '해양소년단 경험으로 학교 공부 외에 이렇게 즐거운 일이 있구나.'라는 것을 알게 되었다. 그리고 기왕이면 하고 싶은 일은 하며 살아야겠다고 했지만, 사회인이 된 후엔 그리 쉬운 일이 아니었다.

그래서 아이에게는 되도록 많은 경험을 하게 해 주고 싶었다. 공부 외에 학교에서 배울 수 없는 것들을 경험하게 함으로써 아이가 진짜 제 꿈을 찾아가길 원했다. 주로 내가 어린 시절 목말라 했던 것들을 선택했다. 우선 밖으로 나가는 일이었다. 마음껏 뛰어놀 수 있는 곳으로 틈나는 대로 아이와 다녔다. 놀이동산도 연간회원권을 구입해 수시로 다니고 아이를 데리고 갈만한 곳은 다 찾아다녔다. 방방곡곡 지역에서 열리는 제철행사들도 거의 다 가보았다. 남편도 시간이 자유로운 편이라 주 1~2일 정도는 함께 다닐 수 있었고, 아이를 틈틈이 돌봐주시던 부모님도 손녀와 함께 가는 곳은 마다하지 않으셔서 함께 모시고 다녔다. 당시에는 그렇게 다니는 것이 아이의 경험을 위해서라고 생각했는데 겸사

검사 부모님께 효도하고 아이와 함께할 수 있어서 내가 더 행복한 시간이었던 것 같다.

그런 생활이 익숙해지다 보니 당일치기나 짧은 여행에서 조금 더 길게 먼 곳으로도 데리고 가고 싶어졌다. 미국에 있는 친구와 연락을 하면서 아이에게 현지 영어도 경험하게 할 수 있는 미국으로의 여행은 어떨까 생각했지만 쉽게 결정을 내리지는 못했다. 영어를 써 본 지 오래되었고 나 혼자라면 아무래도 괜찮은데 아직 어린아이를 데리고, 게다가 단둘이 간다고 생각하니 두렵고 고려해야 할 것이 너무 많았다.

그러다 하버드대학 교수인 남편을 따라 미국에서 살고 있던 친구의 도움을 받아 아이의 초등학교 2학년 여름방학에 결국 실행에 옮겼다. 친구가 아니면 엄두도 내지 못했을 텐데 너무 고마웠다. 그 친구는 내가 미국에 머물던 한 달 동안 나와 함께 다니며 모든 것을 도와주었다. 친구가 사는 곳 근처에 방 하나를 얻을 수 있었고, 여름방학 캠프를 운영하는 현지 초등학교에 등록할 수 있었다. 아이가 아직 어리니 영어를 공부한다기보다 다양한 나라의 아이들과 만나서 같이 뛰어놀기를 바랐기 때문에 영어 공부를 하러 온 한국인은 하나도 없는 정말 현지 학생들이 다니는 곳으로 친구의 추천을 받아 등록하게 되었다. 주중 아침마다 친구와 함께 아이를 캠프에 데려다주고 친구와 나는 하버드 대학을 비롯해 미술관, 박물관, 카페 등을 다니며 오랜만에 편안하고 즐거운 시간을 보냈다. 현실과 떨어진 먼 곳에서의 여유로움이 너무 좋았다.

아이의 행복한 경험을 쌓게 해 준다고 간 미국여행은 내가 더 좋았던 시간이었다는 것을 나중에야 깨달았다. 캠프에 다니는 동안 저녁마다 아이에게 어땠냐고 물었을 때 그냥 고개만 끄덕일 뿐 별말을 하지 않아서 아직 적응이 안 되었나 보다 생각했다. 적응하면 괜찮을 것이라고 생각했다. 원래도 표현을 적극적으로 하는 아이가 아니어서 그 정도면 즐겁게 보내는 것이라고 생각했다. 아이의 성향이 항상 조심스럽고, 자신이 잘한다고 생각하기 전에는 절대 하지 않는 데다가 새로운 것에 흥미를 느끼거나 모험을 즐기는 스타일이 아니었는데, 나는 그런 것들이 아이라서 그렇다고 생각했었다. 결국, 2주 만에 아이는 탈이 났다. 캠프에서 친구한테로 온 연락을 받고 가니 아이가 배가 아프다며 구석에 앉아 있었다. 아이가 즐거운 시간을 보내고 있을 거라 믿고 있었는데 어두운 표정으로 앉아 있는 아이의 모습을 보니 아차 싶었다. '아이가 이곳에서 행복하지 않구나. 아이에게 힘들고 어려운 경험을 시켰구나. 정말 괜찮지 않았던 것이구나.' 마음이 아팠다. 순간 그동안 도와주었던 친구에게도 미안하고 무엇보다 마음을 알아주지 못한 아이에게 많이 미안했다. 병원을 가는 것조차 막막하기만 한 이곳에 무슨 용기로 왔을까 싶었다. 미국의 병원은 한국과는 달라서 예약 없이는 가기 어려웠다. 친구가 여기저기 알아본 끝에 외곽에 위치한 병원을 겨우 찾았다. 그 병원 시스템은 원래 그런지 대기자도 별로 없는데 몇 시간씩 아픈 아이를 기다리게 하고 몇 마디 증상을 묻고는 진료가 끝이었다. 다행히 큰 문제가 없다는 진단을 받아 별다른 치료 없이 돌아왔다. 그래도 마음이 조금 가라앉았다.

아이에게 물어보니 그제야 속 이야기를 쏟아 내었다. 캠프에 있는 동안 거의 말을 하지 않고 지냈다고 했다. 공놀이할 때 남자아이들이 세게 던지는 공이 무서웠고, 그나마 중국계 여자아이와 실뜨기를 했던 것이 좋았다고 했다. 말이 통하지 않은 상태에서 정적인 아이는 즐길 수 있는 것이 없었던 것이다. 원래도 먼저 낯선 친구들에게 다가가는 아이도 아닌데, 개인주의 성향이 강한 미국 아이들이라 더욱 다가가지 못했던 것 같다. 내가 바라던 것처럼 뛰어놀다 보면 친해지는 그런 일은 없었다. 아이가 캠프에 있는 동안 계속 엄마를 다시 만나는 시간만 기다렸을 거라 생각하니 그 시간 동안 즐겁기만 했던 내가 원망스러웠다.

다음 일정을 전면 수정하였다. 남은 캠프는 가지 않았고 아이와 편안하게 돌아다니며 아이가 좋아하는 곳을 다니며 지냈다. 동물원도 가고 농장 체험을 같이해 보기도 했다. 원래부터 계획했던 뉴욕여행도 무사히 다녀왔다. 아이가 좋아하는 것들을 사주고 좋아하는 뮤지컬도 보고 여유로운 시간을 보냈다. 다행히 아이에게 안좋은 기억으로만 남지는 않았다. 캠프는 절대 안 가겠다고 했지만 미국 여행은 다시 가고 싶다고 했다. 그 후로 우리는 자유 여행만 다녔다.

그 일로 아무리 좋은 경험이나 체험들도 아이에 따라 좋을 수도 안 좋을 수도 있다는 사실을 깨달았다.

아이에게 체험을 시킬 때는 아이의 성향이나 시기 그리고 눈높이를 맞추는 일이 중요하다. 다른 아이들이나 혹은 어른들이 봐서 좋을 것 같은 체험들이 내 아이에게는 안 맞을 수도 있다. 때로는 아이들이 엄마한테 잘하는 모습을 보이려고 내색하지 않는 경우도 있으니 속아서는 안 된다. 무엇보다 시기가 중요하다. 빨리 경험시키는 것이 무조건 좋은 것은 아니다. 내 아이의 경우처럼 느긋한 성격에 많이 기다려 줘야 하는 아이들은 너무 일찍 하는 경험은 좋지 않을 수 있다.

　그 후 나는 아이와 관련된 일은 학원이든 여행이든 미리 아이에게 말해 주고 아이가 주로 결정하게 했다. 물론 그중에는 마지못해 억지로 결정한 일도 있겠지만 적어도 아이는 마음의 준비는 할 수 있었을 것이다.

　'아이가 말하지 않아도 진짜 원하는 것이 무엇인지 눈치챌 수 있는 엄마!' 아이들이 바라는 엄마의 모습 중 하나가 아닐까 생각한다. 지금 내 아이는 가장 원하는 것이 무엇인지 곰곰이 생각해 본다.

아이와 함께 만나는 엄마들이 절친이 된다

엄마가 된 후 바쁘다가도 일상 속에서 외롭다는 생각이 들 때가 자주 있다. 말이 통하지 않는 아이 빼곤 대부분 혼자 지내는 일이 많아서일까? 하루 종일 정신없이 지내다 잠시 숨 돌릴 틈이 생기면 공허함이 느껴지기도 한다.

특히 육아를 위해 전업주부가 된 경우에는 일과 육아를 바꿨다는 생각에 더 그런 것 같다. 나를 인정 해주던 내 직업과 직장 동료와의 수다, 간간이 만나 서로 위로가 되었던 친구들, 외식, 취미 생활…, 그리운 것들이 많다.

그중 나는 친구를 만나지 못하는 것이 제일 힘들었다. 소박한 식사와 차 한 잔 마시며 수다를 떠는 것이 전부인 만남이지만 유일하게 속마음을 터놓을 수 있는 시간이었다. 육아를 하면서 만남이 어려워지고 벼르다가 어렵게 약속을 잡아도 아이가 아프거나 아이로 인해 갑작스럽게 취소되기 일쑤였다. 간신히 만나더라도 아이를 데리고 만나면 속 깊은 대화를 하기 힘들었고, 누군가에게 맡기고 만나면 아이 걱정에 편하지 않을 때가 많았다. 그렇게 친구들은 점점 카카오톡 세상에서만 가끔 만날 수 있었고 매번 나중을 기약하는 현실에선 먼 존재가 되어 버렸다.

그런데, 아이와 함께 만나는 것도 편안하고 함께 공감하고 즐길 수 있는 친구가 있었다. 바로 아이 친구의 엄마들이었다.

나이와 성향이 달라도 아이와 함께할 수 있다는 사실 하나만으로도 금방 친해질 수 있었는데, 나처럼 내향적인 성격의 사람도 빠르게 친해질 만큼 강력했다. 그만큼 공감할 수 있는 사람이 절실했던 것 같다. 그들과 많은 시간을 공유하고 공감하며 지냈다.

그중 한 명은 문화센터에서 하는 「엄마와 함께 하는 프로그램」으로 만났다. 아이도 엄마도 나이는 같지 않았지만 딸아이 한 명, 전업 주부 등 나와 비슷한 점이 많아서인지 아이 수업 후에 함께 밥도 먹고 커피도 마시면서 금방 친해지게 되었다.

아이의 문화생활을 핑계로 미술관도 가고 박물관도 가고 놀이방 같은 곳에 가서 아이들이 뛰어노는 것을 지켜보며 정보를 교환하기도 하고 아무 말 대잔치를 펼치기도 하였다. 아이들은 아이들대로 엄마들은 엄마들대로 편안하게 만날 수 있어서 좋았다.

아이가 실제로는 한 살 많은 언니여서 먼저 초등학교에 입학한 후 잠시 멀어지기도 했지만, 인연이었는지 문화생활을 하던 중 우연히 만나 다시 친해지게 되었다. 지금은 아이들의 예민한 사춘기를 함께 보내면서 더없이 편안한 절친이 되었다.

나에게는 또 특별한 절친이 된 경우가 있다. 취미 생활하다가 만난 지인이 알고 보니 또래의 아이가 있어서 친해진 경우였다. 아이와 함께 하는 만남에 엄마가 주체가 되는 경우란 흔하지 않지만 같은 취미를 가졌다는 사실로 이미 공감대가 형성되었고, 아이와 함께 다니며 취미 생활을 같이할 수 있어서 더욱 즐거운 만남이 되었다. 그러니 더 친해질 수밖에 없었다.

그 친구는 나보다 어리지만 에너지가 넘치고 추진력이 있어서 나를 잘 이끌어 주었다. 소극적인 나는 반대로 외향적인 그 친구 덕분에 혼자라면 하지 않았을 활동들을 할 수 있었다. 아이를 키우면서 홀로 애쓰고 있다는 생각을 지울 수 있었고, 아무도 몰라

주는 육아라는 큰 숙제를 함께하며 행복한 기억을 많이 만들 수 있었다.

함께 공연을 보고, 여행을 가고, 아이들 체험 프로그램들을 같이 시키고, 우리는 우리끼리 취미 생활도 하고 쇼핑도 하는 것이 가능한 일이 되었다. 함께 할 수 있는 일이 많다 보니 우리는 거의 매일 만났고 절친이 되었다. 그 친구는 지금은 남편을 따라 잠시 외국에 나가 있지만 돌아오면 죽이 잘 맞는 우리는 또 자주 무언가를 하고 있지 않을까?

이렇게 절친이 된 경우가 아니더라도 아이와 관련된 엄마의 모임은 꽤 오래도록 편안한 관계로 유지된다. 아이라는 매개체로 서로 공감할 수 있는 것들이 많아서인 것 같다. 그렇더라도 오래 잘 유지가 되기 위해서는 서로 배려하고, 상황이나 여러 가지 다름을 인정해 주고 노력해야 한다고 생각한다. 예를 들면 모임에 잘 참여하고 먼저 안부를 묻고 예의를 지켜 말하는 것 등이다.

나에게도 10년이 넘도록 서로 힘이 되어주는 모임이 여럿 있다. 생각해 보니 아이가 학년이 올라가면서 하나씩 늘었다. 아이의 성장 과정과 엄마의 육아 과정을 함께 지켜보면서 공감하고 위로하고 뿌듯해하며 그렇게 지내고 있다. 지금은 아이의 입시를 치르느라 소원해져 있지만 내 육아기에 힘이 되어 준 고마운 그들에게 조금만 더 힘내자는 메시지라도 보내야겠다.

봉사활동을 하며 감사한 마음을 배운다

아이가 초등학교에 다니기 시작하면서 나는 봉사활동을 시작했다. 평소에도 봉사활동에 관심은 있었지만 막상 혼자서 무엇을 할 수 있을까 싶고, 물질적으로나 시간적으로나 내가 제대로 할 수 있을까 싶어 늘 마음뿐이었는데, 아이의 유치원 졸업생 엄마들의 봉사단체를 알게 되어 시작할 수 있었다. 낯선 상황을 되도록 피하는 편인 나에게 이미 안면이 있는 사람들과의 봉사모임이라니 얼마나 좋은 기회인가 싶었다. 좋은 인연을 계속 이어나갈 수 있다는 사실도 좋았고, 구성원이 모두 엄마들이라 엄마들이 할 수 있는 봉사활동을 주로 하니 그리 어렵지 않을 것 같았다. 40년이 넘는 역사가 깊은 봉사단체이다 보니 우리 모임에선 전체 모임과 아이의 졸업기 별로 소모임을 만들어 활동하였다. 전체 모임에서는 기금 마련 바자회나 음악회 등을 열었고 소모임에서는 한 달에 한두 번씩 만나 봉사활동을 함께하면서 봉사와 친목을 겸하였다. 우리기에서는 재활학교에서 장애 아이들의 점심식사를 도와주는 봉사활동을 하였다. 처음에는 참 난감했었다. 아예 거의 감각이 없는 아이들도 있어서 음식을 잘게 다져서 입안으로 넣어주면 그냥 넘기는 식의 식사를 하였는데, 의사소통이 쉽지 않았기 때문에 아무리 달래도 입을 열지 않는 경우에는 몇 숟가락 먹이기도 힘들었다. 어쩔 줄 모르는 나와 달리 그런 모습에도 여유로운 선생님들이 낯설었다. 장애가 없는 아이들과 다르지 않게 대하는 선생님들의 모습에 그들의 불편함을 무조건 도와주기보다 함께 적응하면서 살아갈 수 있도록 도와주는 것이 필요하다는 것을 알게 되었다. 그다음부터는 나도 침착하고 의연하게 아이들의 식사를 도울 수 있었다. 몇 년 동안 계속해서 아이들을 만나다 보니 조금씩 나아지는 아이들의 모습에 마음이 따뜻해졌다. 작은 보탬이 되고 있다는 생각에 봉사하는 내가 더 감사한 마음이 들었다. 봉사활동을 하고 온 날이면 엄마 마음에 들지 않는 행동을 하는 아이가 건강하게 밥 먹는 모습만으로도 감사하게 느껴졌다.

봉사활동을 꾸준히 하기 위해서는 무엇보다 마음가짐이 중요하다고 생각했기 때문에 되도록 봉사활동에 우선순위를 두었다. 누군가 시켜서 한 일이 아니고 의무도 아니어서 우선순위를 두지 않으면 다른 일에 밀리는 일이 많아 가능하면 봉사활동이 있는 날은 다른 일정을 피했다. 때로는 그렇지 못할 경우가 생기기도 했는데, 고지식한 나는 본의 아니게 아이에게 상처를 주기도 했다.

학부모 참관 수업일이었는데, 딱 봉사 날과 겹쳤다. 나는 봉사활동을 가야겠다고 생각했다. 엄마들이 모두 참관 수업에 오는 것도 아니고 그동안 잘 참관했고 무엇보다 혼자서 밥을 먹을 수 없는 아이를 챙기는 일을 빼먹는다고 생각하니 마음이 무거웠기 때문이다. 아이에게 봉사활동 때문에 갈 수 없다고 하였더니 원망이 쏟아졌다. 왜 남의 아이를 챙기러 가느냐 자기를 보러 와주지 않느냐는 것이었다. 그때는 그저 투정처럼 여겨지고 자신보다 어려운 사람을 배려하지 못한다고 생각해 화가 났다. 그런 아이로 자라게 하고 싶지 않아서 원망을 듣고도 나는 봉사활동을 갔다. 옳은 일을 한다는 생각에 아이의 마음은 읽어주지 못했다. 아이에게 못 가서 미안하다고 사과도 하고 차근차근 설명해야 했는데 그때는 생각이 미치지 못했다. 결국, 엄마의 봉사활동이 아이에게 봉사를 부정적으로 생각하게 하는 경험이 되고 말았다. 우선순위에도 융통성이 필요했다. 아무리 좋은 일이라도 어떻게 하느냐가 중요하다는 사실을 경험을 통해 또 배웠다.

봉사활동을 하다 보니 현대 사회에서 봉사활동은 꼭 필요한 일이라는 생각이 든다. 사회 곳곳에 도움의 손길을 필요로 하는 곳이 많고 누구나 할 수 있는 봉사활동도 많다. 그런데, 모두가 평등하고 공평한 세상을 살아가면서 '내가 조금 더 해야지.' 하는 마음들이 점점 사라져 가고 있다. 봉사활동 장소에 가보면 봉사활동 점수가 필요한 학생들이 대부분이다. 자발적으로 온 사람은 그리 많지 않다. 나도 봉사단체에서 이미 봉사를 하는 중이어서 다른 봉사활동은 생각해 보지 않았다. 그런데 중고등학교에 다니면서 봉사활동 점수가 필요해 1365 자원봉사 사이트에 들어가 검색해 보니 작은 시간을 투자하면 함께 할 수 있는 봉사활동이 많았다.

그래서 아이와 함께 하는 봉사활동을 찾아 하기 시작했다. 아이도 처음에는 마지못해서 하더니 조금씩 마음이 달라지기 시작했다. 한 번은 남편과 아이를 데리고 여의도 한강공원에 나무를 심는 봉사활동을 갔다. 날은 덥고 흙을 파고 나무를 심는 일이 그리 쉽지 않았지만, 끝나고 나니 남편과 아이 모두 꽤 재미있었다고 했다. 다시는 안 하겠다는 말을 안 하는 것을 보니 보람이 있었나 보다. 또 한 번은 아이와 함께 창경궁에서 광화문까지 행렬을 따라 걷는 정조대왕 능행차 재현행사에 군중 역할로 참여하였

다. 행사 사전준비로 아침 일찍부터 움직여야 하는 봉사활동이었
는데 아이는 휴일까지 일찍 일어나야 하냐며 불평했다. 봉사활동
을 하는 중에도 그만큼 걸을 일이 없었던 아이의 원망을 들어야
했지만 역시 끝나고 나니 보람 있었다고 말하는 것이었다. 문화행
사의 경우 더더욱 자원봉사 인력이 필요하다는 것을 알고 계속 더
찾아보게 되었다.

아이가 어렸을 때는 융통성 없는 나의 봉사활동으로 아이에게
상처를 주기도 했지만, 아이와 봉사활동을 함께하면서 아이 스스
로 보람을 느끼게 되었고, 그때의 마음이 조금 치유되지 않았을
까 생각한다. 그때 심은 나무는 아직 잘 자라고 있는지 모르겠지
만, 우리 가족 마음속에는 그 날의 보람과 함께 한강의 멋진 풍경
어딘가에 한 그루의 나무가 되어 있을 것이다. 또 멋지게 재현한
조선 시대의 행렬을 보며 누군가의 멋진 추억이 되었을 것이다. 그
리고 나는 여러 봉사활동 경험으로 인해 몸도 마음도 건강한 아
이를 만날 수 있음에 감사한다.

봉사란 그런 것 같다. 하다 보면, 굳이 내가 해야 할 일도 아닌
데 싶지만 나의 작은 보탬이 도움이 되길 바라는 마음으로 바뀌
는 일, 그리고 해 보지 않으면 알 수 없는 보람과 내가 더 감사한

마음이 드는 일인 것 같다. 좋은 세상에서 살아가려면 우리 모두 작은 누군가가 되어야 하지 않을까 생각해 본다.

특히 '힘든 육아 시기에 봉사할 여유가 있을까?'라는 생각을 가진 엄마라면 작은 봉사활동이 가져다주는 보람과 감사한 마음은 오히려 삶의 원동력이 된다고 말해 주고 적극적으로 추천하고 싶다.

청소년과 어울리는 부모가 되자

청소년기의 아이들은 가능하면 부모에게서 벗어나고 싶어 한다. 독립심이 생겨서라기보다 엄마의 감시에서 벗어나고 싶은 까닭이다. 엄마들은 아이가 해야 할 일을 제대로 하는지 쉴 틈 없이 주시하고 있다. 주시만 하면 다행이다. 백 퍼센트 잔소리가 튀어나온다. 그래서 아이들은 엄마의 관심이 감시처럼 느껴지고 엄마가 조금이라도 자리를 비우게 되면 해방감을 느끼나 보다. 그러면 또 엄마는 서운해진다. 필요할 때만 엄마를 찾는 아이들을 보면서 허무해진다. 서운하고 또 서운하다. 사춘기 아이와의 관계는 아이는 아이대로 엄마는 엄마대로 이런 마음의 상처가 반복되곤 한다.

내 아이도 비록 겁이 많아 혼자 있으려 하지는 않지만 엄마 외에 자신을 돌봐줄 누군가가 있을 때는 '엄마 되도록 늦게 와.'라고 말하곤 한다. 그럴 때 나는 '내가 있다고 불편할 게 뭐 있다고 그러냐. 이 정도면 잔소리 안 하는 엄마 아니니. 다른 집에서 살아 봐야 해. 잘 되었어. 오랜만의 외출인데 실컷 있다가 들어가야겠다. 나도 오랜만에 엄마 역할 벗어나서 좋다, 좋아.'라고 생각한다. 엄마들끼리 만나 실컷 수다를 떨며 이런 속상한 일을 말하며 푸념하기에 바쁘다. 서로의 에피소드를 말하면서 그래도 그건 낫다며 위로한다.

실제로 청소년기의 아이가 있는 가정의 경우 부모와 아이와의 관계가 안 좋은 경우가 많이 있다. 아예 아빠와 등을 돌린 아이들도 있고, 자기 방문을 꼭꼭 걸어 잠그고 사는 집도 있고, 하루가 멀다 하고 큰소리가 나는 집도 있다. 이처럼 청소년기 아이들과의 갈등의 원인 중 하나는 세대 차이가 있다. 세대 차이는 단지 나이의 차이일까? "나도 네 나이 때는 그랬어. 난 네 나이 때는 안 그랬어."라고 말하면서 어렵게 꺼낸 아이들의 고민을 가볍게 말하는 것이 바로 세대 차이를 생각하지 않고 말하는 것이 아닐까? 물론 지나고 나면 별일 아니라는 말은 틀린 말이 아니지만, 아이들이 듣고 싶은 말은 그런 것이 아니다. 이렇게 말하는 부모에게 아이들은 더 이상 할 말을 잃어버린다. 이때 부모가 간과한 것은 지나고 나면 괜찮았던 일을 겪으며 당시에는 우리도 분명 힘들었다는 것이다. 또한, 같은 과정을 겪으며 자란다고 같은 환경이 아니라는 것이다. 예를 들면 친구 관계도 예전과는 무척 다르다. 우리 때도 친구들끼리 말다툼을 하기도 하고 절교했다가 다시 화해했다가를 반복하기도 하고 했지만, 지금의 아이들은 사회성이 길러질 여유도 없이 자라온 까닭에 서로를 이해하고 상황을 해결하는 능력이 많이 떨어진다. 그렇기에 오히려 문제가 더 크게 느껴지고 마음의 상처가 클 수 있다.

나는 아이가 학교에서 힘든 일이 있었다고 말했을 때 별것 아니라고 곧 괜찮아진다는 식으로 답했던 적이 많았다. 그렇게 말하고는 진짜 아이가 금방 괜찮을 것이라고 생각했다. 아이가 괜찮아야 진짜 괜찮은 것인데 기다리지 못하고 별것 아닌 일에 힘들어하는 아이가 답답했다. 아이는 아이대로 위로가 아닌 위로에 답답해했던 것 같다. 분명히 서로 대화를 하고 있었는데, 마치 다른 언어로 말하는 것처럼 이야기가 통하지 않았다.

사춘기 자녀를 키우는 부모라면 지나고 나면 괜찮았던 일들이 우리도 그때는 힘들었다는 것을 기억해 내야만 한다. 다 안다고 단정 짓고 아이와 대화를 시작하면 원활한 대화를 할 수 없다. 고민을 말하는 아이들은 마음의 문을 열기까지 오랜 시간이 걸릴 수 있기에 아이와 진정으로 마음을 터놓고 대화를 하려면 인내심을 가지고 기다려야 한다.

 나는 별로 그렇지 못했다. 별일 아니라고 생각하고 힘들어하는 아이를 답답해했다. 아이가 괜찮아지기까지 기다리는 것이 힘들었다. 얼른 그 순간이 지나가기만 기다렸다. 그러다 아이가 아파도 아예 말하지 않을까 봐 겁이 났다. 아이와 어떻게든 대화를 유지할 수 있는 방법이 필요했다. 다행히 아이와 대화를 하고 친밀한 관계를 유지할 수 있는 여지가 있었다. 바로 취미 활동이었다.

 아이가 유치원에 갈 무렵에 육아로 지칠 대로 지친 나는 심신을 달래볼까 하고 공연관람을 하게 되었는데 너무나 위로가 되었다. 공연을 보며 마음껏 울며 웃으며 감정을 쏟아 내니 무언가 해소되는 것 같았고 공연을 보는 시간 동안에는 현실의 나를 잊을 수 있었기에 점점 더 빠져들게 되었다. 그 시간들이 점점 더 절실해졌다. 내가 받은 감동과 위로의 순간들을 누군가와 함께 느끼고 싶었다. 하지만 공연 관람은 적지 않은 시간과 비용이 필요한 일이라 선뜻 즐기기 힘든 취미활동이라는 문제가 있었다. 그럼에도 불구하고 공연이 주는 감동이 너무 좋았던 나는 육아 이전부터 여가도 모르고 살았던 시간의 보상이라고 나름의 의미를 부여하고 계속 다녔다. 대신 다른 것을 아끼고 시간을 쪼개어 공연을 보러 갔다. 그리고 같은 주부의 입장에서 상황이나 심정을 잘 알기에 정말 함께 보고 싶은 공연이 있으면 주변의 지인들에게 선물하곤 했다. 그러느라 어느 달에는 배보다 배꼽이 클 때도 있었는데 내가 조금 아끼면 된다고 생각될 만큼 함께 나누고 싶었다. 그 감동을 알게 해 주고 함께 공감하고 싶었다. 그런데, 다들 재미있었다고 말은 하지만 함께 즐기는 일로 이어지지 않았다. 빠져들 만큼의 시간과 여유가 없었기 때문이었다. 취미 생활도 때가 있는 것 같다는 생각이 들었다. 그래서 아이는 어릴 때부터 공부 외에 취미활동을 잘 해 나가길 바랐다.

어릴 때부터 어린이 공연을 자주 보러 다녀서인지 다른 어떤 놀이보다 공연을 보는 것을 좋아했던 아이는 자라면서 나와 같이 공연을 함께 보게 되었다. 나와는 다른 시각으로 공연을 보는 아이의 반응이 재미있어서 계속 같이 보다 보니 공연장을 제집처럼 편안해 하고 나보다 더 즐기는 아이가 되었다. 아이가 나중에 어른이 되어서도 즐길 수 있는 무언가를 찾아 준 것 같아 좋았다. 공연을 보고 집에 오면 시간 가는 줄 모르고 이야기를 하였다. 사춘기가 되어서도 공부 얘기는 꺼내기만 하면 표정부터 달라졌는데 공연 이야기를 할 때만큼은 즐거운 대화가 이어졌다. 그런데 오랜 시간 이런 생활이 계속되다 보니 아이의 취미활동은 그것으로 끝나지 않았다. 하루 종일 노래를 부르고 프로그램 북을 정독하고 좋아하는 공연은 통째로 외워버렸다. 그리고 아이의 꿈이 되었다. 나는 단순히 취미활동을 찾아주었다고만 생각했는데 아이는 그 길로 가려고 하고 있었다. 처음에는 반대했다. 공연을 많이 보러 다니다 보니, 공연 외적인 부분들을 알게 되었고 관련 사람들도 많이 만나면서, 그 분야의 일이 얼마나 어려운 일인지 알고 있었기 때문에 어려운 길을 가려 하는 아이를 말렸다. 더구나 소심하고 마냥 순둥이인 아이가 갈 수 있는 길이 아니라고 생각했다. 우리는 평생 함께 공연 보러 다니는 걸로 만족하자고 했다. 하지만 아이의 확고한 꿈은 내 생각을 바꾸었고 결국 아이의 선택을 지지해주게 되었다. '하고 싶은 일을 해라.' 살아보니 하고 싶은 일을 할 때 제일 행복한 것 같더라.

지금 나는 그때의 나를 고마워하기도 하고 또 때로는 후회하기도 한다. '나도 입시학원에 열심히 데리고 다니는 엄마였으면 아이의 진로가 달라졌을까?' 라는 생각이 들기도 한다. 그런데 누가 알겠는가, 우리의 인생은 끝나기 전에는 알 수 없는 일인 것을. 그러니 비록 행복한 취미 생활을 했으면 했지만, 그 길로 가겠다고 하니 가는 길이 힘들지 않기를 힘껏 응원하는 수밖에 없다.

나의 경우처럼 의외의 결과가 나올 수도 있지만, 청소년기에 아이들과 같이 공감할 수 있는 주제를 찾는 것은 아이와 좋은 관계를 유지할 수 있는 방법 중 하나라고 생각한다. 아이와 자연스럽게 대화를 하면서 아이를 더 이해할 수 있게 된다. 특히 취미 생활처럼 함께 즐길 수 있는 일을 하면 더없이 좋다. 아이가 좋아하는 일을 같이 하다 보면 학교 공부로 힘든 아이에게 숨 쉴 수 있는 여유를 주고 부모도 아이를 대할 때 더 유연해진다. 그러다 보면 아이의 재능을 발견할 수도 있고 꿈을 찾을지도 모른다.

진로 찾기는 더 오래 걸릴 수도 있다

아이의 고등학교 생활이 시작되면서 아이에 대한 기대를 내려놓을 필요가 있겠다는 생각이 들었다. 아이에게 너무 집착하지 말자. 그러기 위해 뭐라도 해야겠다는 생각이 들었다. 그러나 머리를 싸매고 뭘 하고 싶지도 않았고 돈을 버는 일을 시작해 볼 여유는 없었다. 나는 곧 입시를 치를 아이의 엄마이니까 자제해야 한다고 생각했다.

부담 없이 할 수 있는 일을 찾아봐야겠다는 생각에 검색창에서 이것저것 클릭하던 중 정독도서관에서 하는 학부모대학 강좌가 눈에 들어 왔다. 아이와의 소통에도 도움이 될 것 같아 듣고 싶었지만 매주 강좌를 들으러 나간다는 게 쉽지 않을 것 같아 망설였다. 게다가 학부모교육에 참석해 보아도 딱 들을 때만 좋고 오래 기억

되지 않았었기에 더 망설여졌지만, 뭐라도 하고 싶었던 마음에 덜 컥 신청했다. 열심히 다닐 핑계를 찾기 위해 지인들에게 같이 듣자고 권유해 보았지만 매주는 힘들다는 반응이었다. 다행히 나처럼 사춘기 아이를 키우며 고민이 많았던 내 오랜 친구와 같이 듣게 되었다.

내 걱정과 달리 강의 내용이 공감되어 열심히 다닐 수 있었다. 나를 돌아보게 하고 답답한 마음을 위로 해 주는 내용과 친근한 선생님의 강의 스타일이 좋았고, 그동안 방관했던 것들이 보이기 시작했다. 각기 다른 지역에서 온 수강생들이 낯설었지만 다 같은 엄마들이라 서로 고개를 끄덕이며 금방 친숙해질 수 있었다. 특히 벚꽃이 가득한 계절의 아름다운 정독도서관은 일부러라도 가고 싶은 곳이어서 월요일마다 가는 길이 즐거웠다. 아이들을 키우며 힘들었던 에피소드들을 함께 나누고 아이들과 소통하고자 열심히 노력하는 이야기를 들으면서 위로가 되었다. 치유가 되는 느낌이었다. 입시정보를 얻으러 다니는 것도 중요하지만 이럴 때일수록 마음의 양식이 필요하다는 것을 깨달으며 눈에 들어오는 대로 강좌를 더 찾아 듣게 되었다. 그러면서 먼저 말을 걸거나 적극적으로 나서는 일이 없는 소심한 나는 새로운 사람들을 만나 어색함 속에서도 함께하는 것들이 그리 나쁘지 않았다. 용기가 생겼다. 내 용기는 거창한 것이 아니라 익숙하지 않은 일을 한번 해 보는 것, 게으름을 버리는 것이었다. 용기를 내니 많은 것이 돌아왔다. 아이를 키우며 답답했던 마음이 조금 시원해지고 아이에 대한 걱정도 줄일 수 있었다.

다양한 사람들의 모습에 배운 것도 많았다. 학부모대학에서 만난 사람들은 모두 열정이 넘쳐 보였다. 엄마의 역할도 열심히 하고, 끊임없이 배우고, 하고자 하는 일을 찾아 해 나가는 모습이 존경스럽고 부러웠다. 이제라도 나도 시작해볼까 하는 용기가 생겼다. 내가 진정으로 하고 싶은 일은 무엇인지 생각해 보았다. 변하지 않는 것들, 마음, 사람…, 이런 것만 중요하다고 생각하면서 변화를 받아들이지 못했던 내가 먼저 보였다. 나는 이미 살아온 방식이 있으니 그 삶의 방식대로 살아가는 것이 당연하다고 생각했다. 그러나 그동안의 삶의 방식을 다 버릴 수는 없겠지만, 이제 새로운 시대에 적응해야겠다는 마음이 생겼다. 이것저것 눈을 돌리니 생각보다 세상이 더 많이 바뀌어 있었다. 무슨 말인지 이해하기 어려운 것이 너무 많았지만 마음을 여니 어렵지만 들여다보는 재미가 있었다. '아, 이래서 그렇구나. 아, 지금은 이런 것이 중요한 것이구나.'라는 것을 알아 갔다.

잠깐 눈을 돌리니 나를 다시 찾는 계기가 되었다. 무엇이든 계기가 꼭 필요한 것 같다. 전업주부로 계속 살면서, 아이를 다 키우면 언젠가는 내 일을 찾으리라 했던 막연한 생각은 '시간이 흐른 후 이 나이에 할 수 있는 일이 과연 있을까?'라는 생각으로 바뀌어 있었다. 실제로 나이가 들어서 할 수 있는 일은 찾기 어려웠다. '하던 일을 다시 해보는 수밖에 없을까? 다시 일에 올인해서 사는 게 좋을까? 그럴 수 없을 것 같은데 좀 더 쉽고 즐겁게 할 수 있는 일은 없을까? 몸도 머리도 잘 따라 주지 않는 지금 잘할 수 있을까? 일단 머리 쓰는 일은 하지 말자. 그냥 단순 노동을 찾아보자. 하루에 몇 시간 일하고 시급을 받기만 해도 그게 어디냐. 더 늦기 전에 찾아보자. 청년들보다 체력은 못하겠지만 나에게는 더 많은 경험이 있지 않나. 못 찾아도 괜찮으니 용기 내보자. 이미 늦었으니 좀 더 생각해 보자.' 등의 생각이 반복되었다.

그러던 중 직업적성검사를 통해 내가 무엇을 하고 싶은지 나의 적성에 맞는 일이 어떤 일인지 알게 되었다. 나는 철저히 이과생이라고 생각하고 살았었는데 예술 분야에 맞는다는 결과가 나왔다. 그동안 예술 분야는 재능이 있어야만 할 수 있는 일인데 나는 예술적 재능이 없으니 아예 그 분야의 일은 할 수 없다고 생각했다. 하긴 직업으로 생각해 보지 않았지만, 그동안 나는 끊임없이 그런 일들에 끌리고 취미 생활이든 뭐든 찾아다녔던 것 같다. 예술 분야의 일이 나의 적성에 맞는 일이라니 너무 늦었지만 그래도 해답을 찾은 것 같았다. 늦게나마 나의 새로운 진로 찾기가 시작되었다.

나의 진로를 찾으면서 아이를 더 이해하게 되었다

고3 엄마가 19년 만에 다시 일을 시작하였다. 원래 의 생각대로라면 아이 입시가 끝나면 그때부터 천천히 찾아보려 고 했는데 하필이면 아이가 고3인 지금 시작하게 되었다. 사실 일 을 다시 하려고 노력한 것은 훨씬 전의 일이었다. 나의 진로를 고 민하기 시작하면서 뒤늦게 알게 된 나의 적성대로 할 수 있는 일 을 찾아보았지만 쉽지 않았다. 경력단절 기간도 길고 나이도 많은 여성에게 취업의 기회란 하늘의 별 따기 같았다. 몇 번 문을 두드 려 보았지만 열리지 않았다. 마음이 조급해졌다. 하고 싶은 일을 하기는커녕 하다못해 문 안으로 들어가지도 못할 것 같았다. 그 래도 포기하고 싶지 않아 마음을 다잡았다. '천천히 준비해 보자.' 먼저 가사와 일을 병행하며 전업주부에서 다시 직장인으로 살아 갈 준비를 해보자. 그러던 와중에 갑자기 일할 기회가 왔다. 아이를 낳기 전 내가 하던 일과 비슷한 일이었다. 하지만 원래 하던 일이라고 해도 10년 넘게 안 하던 일을 다시 한다는 것이 그리 쉬울 것 같지 않았다. 고민 끝에 그래도 일단 시작을 해 보자고 결정했다. 하루 종일 일하는 것도 아니고 심지어 재택근무이니 최대한 아이의 입시를 도우면서 할 수 있을 것 같았다. 아이에게로 온통 집중되어 있던 내 신경을 분산시키고 좀 더 편하게 아이를 대할 수 있을 것 같았다. 아이에게로의 집중에서 벗어나는 일은 고3 엄마한테 정말 필요한 일이라고 생각했다. 고3은 몸도 힘들지만 마음이 힘든 시기이니 아이가 조금 더 편안하게, 간섭받는다 생각하지 않고 입시 준비를 할 수 있게 하고 싶었다.

아이는 처음에는 서운해했다. 그동안 하나부터 열까지 엄마가 모든 것을 챙겨주었는데 갑자기 혼자 감당해야 하는 일이 많아졌으니 언제나 떠먹여 주는 것에 익숙해 있던 아이는 당연히 힘들 수밖에 없었다. 그래도 잘 적응해 주었고 지나고 나니 오히려 많이 성장해 있었다. 그동안 몸만 어른이지 아직도 어린아이였던 아이는 힘든 것을 참아낼 줄 알게 되었고, 혼자서 대중교통을 타고 다니고 휴대폰으로 검색해서 모르는 길도 잘 찾게 되었다. 엄마가 다 해 줄 때도 힘들다는 말을 입에 달고 살던 고3 아이가 잘 견뎌나가는 모습이 대견했다. 그 모습을 보며 새로 시작한 일에 힘겨

웠던 나도 힘을 얻을 수 있었다. 일을 하는 시간 외에 남은 시간을 잘 활용해서 가족들 식사도 미리 챙겨야 했고 아이의 스케줄도 잘 체크해서 미리 준비해야 했지만 괜찮았다. 일하면서 엄마의 일을 하는 것이 가능하다는 것을 느끼니 새로운 일을 찾은 후에도 잘할 수 있을 것 같았다. 다만 이대로 정말 내가 하고 싶은 일은 시작도 못 하는 것은 아닐까 걱정이 되었다.

그러다 문득 '진로를 찾는 것이 너무 늦은 나이라서 힘든 것일까?'라는 생각이 들었다. 나는 이렇게 길게 생각하고 오래 준비하고도 분명치 않은 길을 가면서 두려운데, 경험도 없는 청소년기의 아이들은 그 짧은 시간에 결정하고 가야만 한다고 하니 얼마나 힘든 일일까? 하고 싶은 일을 찾는데 이렇게 오래 걸리는 사람도 있는데 말이다. 실제로 아이들에게 물어봤을 때 하고 싶은 일이 무엇인지 잘 모르겠다고 하는 경우가 많다고 한다. 너무 당연한 일이 아닐까? 그 나이에 벌써 하고 싶은 일이 명확한 아이들은 많지 않다. 그러니 하고 싶은 공부를 더 하기 위해 대학을 간다는 것도 그 아이들에게는 어려운 일이다. 결국, 입시 공부가 더 힘들어지는 일이 된다.

청소년기 대부분을 대학을 가기 위한 공부만 하는 것이 맞을까? 물론 그중에는 공부하는 것이 그리 힘들지 않은 아이들도 있고 공부로써 성취감을 느끼는 아이들도 있을 것이다. 그렇지만 그렇지 않은 아이들은 공부가 아니어도 자신의 길을 찾아갈 수 있는 길이 마련되어야 한다고 생각한다. 아이들이 조금 더 여러 가지 진로를 진지하게 고민하고 정말 맞는 일인지 알아보는 시간을 주고 그 일에 맞는 공부를 해 볼 수 있도록 해야 한다고 생각한다. 그런 과정을 통해 원하는 진로를 찾고 하고자 하는 의지가 생기고 그 에너지로 열심히 해 나가는 세상이 되면 좋겠다.

이런 생각을 가지고 있는 나를 지인들은 너무 이상적이라고 그럴 수 있으면 좋겠지만 현실적이지 않다고 말한다. 맞는 말이다. 내 아이의 인생은 한 번뿐인데, '엄마의 현실적이지 않는 생각으로 후회할 일을 만든 건 아닐까?'라는 생각도 든다. 나뿐만 아니라 많은 사람들이 우리나라의 입시 제도가 바뀌어야 한다고 말하면서도 아이들을 더욱 치열한 경쟁 속으로 밀고 있는 것이 현실이니까. 엄마들이 바뀌어야 입시 제도가 바뀔까 입시 제도가 바뀌면 엄마들의 생각이 바뀔까? 언제가 되더라도 대학이라는 곳이 어떤 자격 같은 것이 아닌 정말 내가 하고 싶은 일을 더 깊이 배울 수 있는 공간이 되면 좋겠다. 또 굳이 대학을 가지 않아도 자기의 길을 갈 수 있는 그런 세상이 되었으면 좋겠다.

이런 생각들이 나를 입시에 올인하는 고3 엄마가 아닌, 나는 나대로 하고 싶은 일을 찾으며 아이를 조금 담담하게 지켜보며 도와주는 엄마로 만들었다. 그리고 조금은 느리게 가는 아이를 진심으로 응원하게 되었다. 네가 하고 싶은 일이 확실하다면 더 오래 걸리더라도 괜찮다고. 나도 나의 길을 찾으며 기다리겠다고.

여전히 나는 엄마다

아이를 조금 키워 놓으니 마음의 여유가 생기면서 이런 생각이 들었다. 아이가 성인이 되면 그다음에 나는 어떻게 살까?

'엄마의 역할을 다했으니 이제 내려놓을 수 있겠지. 자유롭게 다시 내 인생을 살겠지. 그동안 하고 싶었던 일들을 다 하고 살아야지. 그래! 얼마 남지 않았으니 힘내자.'라면서 미래를 그리며 살고 있었다. 그런데, 가만히 생각해 보니 "애 키워 놓고 너 하고 싶은 대로 살아라."라는 말은 어디서 많이 들어본 이야기였다. 내 학창 시절 대학교에 진학하기 전까지 들었던 이야기였다. 어른들은 "대학에 합격하면 그때 너 하고 싶은 거 다 하고 그때까지는 꾹 참고 공부해야 한다."라고 말씀하셨다. 당연히 어른들의 말씀이 정답인 줄 알았다. 나름대로 열심히 공부했고 나에게 잘 맞는다고 생각한 몇 개의 학과 중 골라 대학에 들어갔다. 그러나 내게는 정답이 아니었다. 대학을 다니면서도 이 길이 맞는지 계속 고민하게 되었고, 다른 일을 하기 위해 다시 공부를 해야 할까 생각했고, 유학을 가볼까 싶어 학과 공부보다 영어 공부를 더 열심히 하기도 했다. 그렇게 갈등만 하다가 결국 졸업을 앞두게 되었고, 아르바이트로 시작했던 일을 계속하며 살게 되었다. 그리고 결혼과 육아로 제대로 진로를 찾으려던 꿈은 중단되었다. 10대의 대부분을 공부가 전부인 것처럼 살았는데 몇십 년이 지난 지금까지도 끝나지 않았고 하고 싶은 것을 다 하고 사는 일도 없었다.

엄마의 역할도 마찬가지이다. 아이가 성인이 되었다고 끝나는 것이 아니다. 엄마란 힘들 때 가장 먼저 떠오르고 언제나 내 편이 되어 주는 존재가 아닌가? 그러니 계속 옆에 있어 주어야 한다. 우선 아이가 성인이 되면 다 내려놓고 마음껏 내가 하고 싶은 일을 하며 살겠다는 가능성 없는 생각을 내려놓아야 한다. 내 아이는 성인이 되어도 여전히 엄마를 필요로 할 것이고 알아서 챙겨 먹을 수 있는 나이여도 엄마만 보면 배고프다는 말이 먼저 나올 것이니까. 그리고 나는 여전히 잘 잃어버리고 다니는 아이의 물건을 챙기며 잔소리를 하고 있을 것이다. 우아한 아침 시간은 아직

멀었을지도 모른다. 그렇다고 실망할 일도 아니다. 그래도 가끔은 꿈꾸었던 일을 하나하나 해 나가고 있을 것이다. 갑자기 여행이 가고 싶은 날 무작정 집을 나서 보는 일, 24시간 잠자기, 나만의 가구 만들기 등 하고자 하는 의지만 있으면 꿈꾸었던 일을 할 수 있는 시간이 분명 있을 것이다. 그리고 아직 열리지 않은 문을 열고 내가 하고 싶은 일을 해보겠다는 생각도 계속 가지고 있다. 나는 아직 꿈이 있고 열정이 남아 있다.

엄마의 역할을 지금과는 다른 방법으로 해 나가자. 아이를 위해 무조건 해 주는 엄마에서 아이와 짐을 같이 들고 함께 걸어가는 엄마로 살아가야겠다. 뒤에서 밀어주고 앞에서 끌어주던 엄마에서 나란히 걸어가는 엄마가 되어야겠다. 이렇게 생각이 바뀌니 오히려 마음이 편해진다. 나는 이미 엄마의 역할을 내려놓지 못할 것을 알고 있었나 보다. 그리고 나의 새 진로 찾기도 덜 조급해진다. 아직도 가야 할 길이 먼 아이의 진로 찾기 과정을 바라보는 것도 조금 담담해진다. 천천히 가자. 꼭 끝까지 가지 않아도 괜찮다. 꿈을 잃어버리지 않도록 옆에서 지켜봐 주자. 결과만 행복한 것이 아니라 그 과정이 행복한 그런 길을 걸어가자. 그러다 순탄치 않은 길을 만날 수도 있으니 그때는 너무 힘들어하지 말자. 인생은 끝까지 끝이 아니고 중단되는 일도 없으니 용기 내어 다시 걸어가자. 아이와 더 많은 이야기를 나누고 서로 위로가 되어 주자. 이런 생각을 하니 옆에서 함께 걸어가며 힘들 때 위로가 되는 엄마도 내가 되고 싶은 멋진 나의 모습이라는 것을 깨닫는다.

그러니 앞으로도 여전히 나는 엄마다!

글을 쓰고 나서

글을 쓰고 싶다는 생각은 늘 했지만, 내 인생에 책을 쓰는 일이 생길 것이라 생각지 못했다. 나이 들면 햇볕 따뜻한 창 앞에 작은 테이블 하나 놓고 커피 한 잔 마시며 인생을 마무리하는 글이라도 한 번 써보아야겠다고 생각했을 뿐이다.

갓 대학입학 후 모교에서 후배들에게 조언해 줄 일이 있었다. 다른 것보다 꿈을 잃지 말라는 말을 해 주고 싶었다. "여러분 공주가 되는 꿈을 꾸세요. 그러면 적어도 여러분은 공주 모습에 가까워질 거에요." 지금은 부정적인 의미로 인식되기도 하지만, 그때 나는 아름답고 사람들에게 사랑받는 공주가 되고자 노력한다면 분명 더 나은 모습이 될 것 같았다. 그 얘기는 결국 나에게 하는 얘기였다. 그리고 오랜 시간 꿈꾸는 것을 멈추지 않았던 나에게 아름다운 책으로 돌아왔다. 그 꿈을 실현해 준 학부모책 동료들과 사랑하는 가족들에게 감사인사를 전하며 사랑하는 아이와 엄마인 나의 평범한 이야기를 담아 본다.

박은조 ■■■▥

아이들이 살아갈 세상이 나날이 따뜻해지기를 바라며, 늘 진화하는 삶을 지향합니다. 사춘기 아이들과의 따뜻한 소통을 꿈꾸며, 마음 한구석에는 초등학교 시절 꾸던 꿈을 간직한 채 가끔은 두근거림도 느끼는 섬세한 감성을 소유한 엄마랍니다.

후회하고, 다짐하고, 사랑하는, 나는 엄마

엄마의 탄생

결혼 후 3개월쯤 산부인과에 정기 검진을 받으러 갔을 때 임신 사실을 듣게 되었다. 아직 마음의 준비도 안 된 상태에서 아기가 생겼다고 하니 어리둥절하면서도 무척이나 당황스러웠다. 그 후 6개월이 될 때까지 직장을 다녔는데 잦은 야근이 무리가 되었는지 병원에서 대상포진 진단을 받고는 아이에게 이상이라도 생길까 봐 무서워서 눈물이 비 오듯 쏟아졌다. 그래도 다행스럽게 직장에서는 육아휴직이 시작되기 일주일 전에 미리 휴직 시기를 앞당길 수 있게 배려해주었다. 임신 기간 내내 체한 느낌이 들어서 음식을 잘 먹지 못했고, 첫아이를 출산할 때 과다한 출혈 때문인지 출산 후 병원에서 생전 처음 쓰러지는 경험을 두 번이나 했다. 게다가 아이의 건강이 좋지 않아 신생아 중환자실에 한 달 정도 입원하게 되는 과정을 거치며 나의 엄마로서의 시작은 녹록지 않았다.

아이가 태어나고 얼마 후 잠든 아기를 보며 문득 나에게 마라
톤이 시작되었다는 생각이 들었다. 내가 눈감는 날까지 아기는 내
가 책임지고 지켜줘야 한다는 그 어떤 책임감보다 막중함이 느껴
졌다. '내가 엄마가 된 거구나. 잘할 수 있을까?' 새삼 엄마가 된
나를 실감하며 부담감이 눈덩이처럼 부풀어 올랐다. 아이가 태어
나고 몇 달 동안은 아이 예방접종할 때 외에는 외출도 거의 안 하
고 지냈다. 엄마가 된 나 자신에게 적응하는 중이었고, 아이를 키
우며 사는 새로운 삶에 적응하느라 한동안은 다른 새로운 경험을
하고 싶지가 않았다. 혹여나 나와 아기 둘만 외출했다가 아이에게
무슨 일이라도 생기면 어쩌지? 하는 두려움도 있었기에 주말에 남
편과 함께 있을 때만 아이와 셋이 잠시 외출하는 정도였다. 지나
고 보면 너무나 짧은 순간들이었는데 다시 그 시기로 돌아간다면
육아에 대한 부담감에 눌려 있기보다는 아이를 더 많이 사랑해주
고 씩씩한 초보 엄마가 되고 싶단 생각을 한다.

그리고 아이가 더 크기 전에 지금이라도 아이가 부담스러워 하
지 않는 선에서 사랑을 많이 줘야겠다고 종종 다짐하곤 한다. 아
이가 아기일 때 주어야 하는 사랑과 사춘기가 된 아이에게 주어야
하는 사랑은 다르기에 지금은 크게 표시 나지 않게 마음속 저 깊

은 곳에 짝사랑같이 간직하고 있지만, 많이 부딪히는 과정에서도 아이는 엄마의 사랑을 본능적으로 느낄 거라고 믿고 있다.

학부모 독서 동아리 활동을 하며

　　큰아이가 초등학교 1학년 때 퇴직을 하고 난 후 아이와 같은 반 엄마에게 학부모 독서동아리가 있다는 얘기를 듣고, 반가운 마음에 가입하게 되었다. 매주 수요일 오전에 모여 그림책, 동화책, 유아 및 초등 고학년들이 읽을 만한 모든 종류의 책들 중 선별해서 엄마들이 함께 읽고 서로의 의견을 가지고 책 이야기를 나누는 모임이었다. 모임활동을 하면서 발제 순서가 다가오면 부담감이 생기기도 했지만, 좋은 책을 여러 사람들과 함께 나누면서 나는 기쁨을 넘어 희열을 느낄 수 있었다. 그 모임을 시작하기 전까지는 그림책을 보고 감동을 받아 본 경험은 없었는데, 모임을 하면서 그림책을 자세히 천천히 보면서 그림책이 재미는 물론이고 감동과 위안을 준다는 것을 느꼈다. 일주일에 한 번씩 갖는 독서모임은 내게 매우 소중하고 힐링이 되는 시간이었다.

모임에서 함께 나눈 책을 회원들이 돌아가며 각자 아이들에게 읽히고는 했는데 덕분에 아이들에게 좋은 그림책을 보여 줄 수 있었고 잠들기 전에 책을 읽어주는 것이 일상이 되었다.

독서모임에서는 책 이야기가 주를 이루지만 교육, 문화, 생활 등 다양한 소재도 이야깃거리였다. 봄, 가을에는 가까운 큰 공원에서 자리를 잡고서 책을 읽어주고, 책 이야기를 나누고 커피와 샌드위치를 함께 먹기도 했는데, 싱그러운 초록 식물들 사이에서 보낸 그 시간들은 내 기억 속에 아름다운 추억으로 자리 잡고 있다. 간혹 회원들 중에서 멀리 이사를 가는 경우도 있었는데, 이 모임이 좋아서 멀리서도 기꺼이 참여하곤 했다.

독서모임을 하면서 접했던 여러 종류의 아동 문학 중에는 어른이 읽어도 재미있고 좋은 책이 정말 많았다. 그리고 제법 두꺼운 책을 2학년이던 둘째가 술술 읽고 내용까지 이해하는 것을 보고 아이의 독서력이 많이 향상되었다는 것에 왠지 뿌듯함도 느껴졌다.

아이들이 초등 6년을 보내는 동안 나와 아이들은 티격태격 말도 많고 탈도 많았지만, 독서 모임을 하며 감동과 위안, 희열을 느낄 수 있었던 시간들은 삶의 큰 활력소가 되었다. 코로나 19 사태가 벌어지고 이사 가는 사람들도 많아져 열 명 남짓한 회원들이 모임을 갖기가 어려워졌지만, 몇 년을 쉬었다가 만난들 어떠랴? 우리의 추억은 고스란히 간직되어 있으니 여건이 된다면 모임은 언제든 다시 이어질 것이다. 할머니가 될 때까지 이어갈 독서모임을 생각하면 설렘과 미소가 절로 지어진다.

커 피

아침 해를 바라보며 새로운 오늘을
한 잔 커피에 녹여 그려 본다.

설렘과 반가움의 새로운 감정을
한잔 커피에 녹여 맞이한다

그리움과 쓸쓸함의 어두운 감정을
한 잔 커피에 녹여 털어낸다

30년 지기 친구, 한 잔 커피에
희로애락을 녹여 담아 본다

TV 오디션 프로그램을 보고

누군가에게 위로를 받고 감동을 받는다는 건 얼마나 좋은 일인가? 「미스터트롯」이라는 프로그램을 통해 많은 사람들이 비대면 시기를 보내면서 소소한 또는 큰 즐거움을 누렸을 것이다. 그 시기에 나도 그 프로그램을 보며 '누가 진이 될까?'보다는 출연자들 나름의 창법으로 부르는 노래를 들으며 '트로트가 참 사람의 감성을 자극하는구나! 좋은 노래 엄청 많네.'라고 생각했다. 가끔은 심금을 울리는 노래 가사에 눈물이 주르륵 흐르기도 하고 때로는 구수하고 흥겨운 가사를 따라 흥얼거리기도 하며, 프로그램을 가족들과 꼬박꼬박 챙겨보게 되었다. 이 답답한 시기에 이런 TV프로가 있어 다행이란 생각을 하면서….

「미스터트롯」이 높은 시청률을 기록하며 타 방송사에서도 트로트 오디션 프로그램이 쏟아져 나왔다. 평소에는 TV를 거의 보지 않던 우리 가족도 트로트 오디션 프로그램만은 늘 챙겨 봤는데 아무리 봐도 질리지 않고 빠져들었다. 「미스트롯 2」를 보며 '와! 실력들이 대단하구나. 저 가수들은 저렇게 부르기까지 얼마나 오랜 시간 무명으로 노래하며 버티어 왔을까?'란 생각이 들어 정말 대단해 보였다. 당장은 희망이 안 보여도 자신이 좋아하는 일을 포기하지 않고 꿋꿋하게 밀고 나온 출연자들의 감탄스러운 노래를 들으며, 의지가 약한 나 자신을 돌아보게 되기도 했다. 몇 달간 「미스트롯」을 보며 우리 아이들까지 트로트를 흥얼거리기도 했는데, 사춘기 아이와 오랜만에 공통 화제를 나누는 계기가 되기도 했다. 아이들은 노래를 감상하기보다는 가수들의 미모에 더 관심이 많았고, 동생과 누가 더 예쁘다느니 미모 비교에 초점을 두었다. 평소 TV 시청을 부정적으로 생각했는데, 트로트를 들으며 위로와 감동을 받고 가족 모두에게 힐링의 시간이 되었다. 또한, 나를 돌아보는 시간을 만들어 준 트로트 오디션 프로그램들이 수많은 사람들에게도 위로와 감동이 전해지는 것을 보며 이만하면 참 괜찮은 프로그램이라고 생각했다.

코로나 19로 인해 답답하고 지난한 비대면 시기를 보내면서 감성을 자극하는 우리의 대중가요 트로트가 다시 전성기를 맞이한 것처럼 '내 인생의 전성기는 언제였을까? 있기나 했었던 걸까? 평범한 주부로 살고 있는 지금인가?' 하는 생각이 들었다. 늘 가족들 위주로 모든 것을 생각하며 살아오다 보니 내 관심사는 무엇이었는지 오랫동안 잊고 있었지만, 돌이켜보면 어릴 적 내 꿈은 배우였다. 소도시에서 자랐던 내겐 달나라 이야기 같았지만 지금도 그 꿈은 내 맘속 한편에 자리 잡고 있다. 꿈을 간직하고 있는 한 여기저기 두드리다 보면 배우는 못 될지언정 배우와 비슷한 일이라도 할 수 있을 것이라는 막연한 기대를 하며 묻어 두었던 꿈을 다시 들춰 보게 되었다.

10년 후 나에게 쓰는 편지

커피향기 님께.

커피향기 님! 건강하게 잘 지내시나요? 어언 10년이란 세월이 훌쩍 지나 버렸네요. 커피향기 님의 따님들은 어느새 성인이 되었겠군요. 성인이 된 따님들의 모습이 무척이나 궁금하네요.

10년 전 커피향기 님의 모습이 떠오릅니다. 중학생과 초등 6학년 사춘기인 두 딸을 키우시며 좀 힘들어하던 모습이요. 그때의 커피향기 님은 큰딸에게 미안함, 답답함, 속상함, 물가에 내놓은 아이인 양 늘 근심을 갖고 있었지요. 바쁘다는 핑계로 어릴 적 아이의 마음을 헤아려 주지 못한 것에 대한 미안함을 갖고 있으면서도 아이의 말과 행동에 답답하다는 생각이 밀려드는 걸 참지 못하고, 미안함은 온데간데없이 혼내고 화를 내는 것을 반복했다고 괴로워하셨지요. 더욱이 그때는 코로나19

때문에 함께 있는 시간이 길어서 매번 같은 상황이 반복되면서 더 많이 힘드셨을 겁니다. 아마도 지금쯤은 큰딸과 편한 친구처럼 지내고 있을 모습이 그려지네요.

그때 커피향기 님은 큰딸에 대한 지나친 관심을 다른 곳으로 돌리고, 자신의 진로도 고민하면서 직업상담사 공부를 선택하셨는데, 공부는 어땠나요? 돌아서면 잊어버리고 암기가 안 된다며 버거워했는데, 지금쯤은 재취업에 성공해서 많은 사람들이 새로운 직업을 찾는 일에 능숙한 조력자로 활동하고 있을 것 같다는 생각이 듭니다. 사람 좋아하고 상대방 이야기 잘 들어주던 커피향기 님과 직업상담사 일은 잘 어울릴 것 같아요.

중국어 실력은 많이 늘었나요?

큰아이 5학년 때 갈등을 줄이고자 아이에 관한 관심을 덜기 위해 시작했던 공부였죠. 틈틈이 하신다고 했었는데 지금쯤은 중국 대륙을 혼자서도 자유롭게 여행하고 있진 않나요?

막내라서 온 가족의 귀여움을 받던 둘째 딸은 대학졸업을 앞두고 있을 것 같은데 진로 고민이 한창일 것 같네요. 커피향기 님의 남편분과는 여전히 의리 있는 부부로 살고 계신가요?

되돌아보면 아쉬움도, 후회도 남는 게 우리네 삶이지만 삶의 원동력인 가족이 있기에 오늘도 나은 삶을 위해 아등바등 살고 있나 봅니다.

역동적으로 가꾸어 왔을 지난 10년간 커피향기 님의 삶의 이야기를 들을 생각을 하니 벌써부터 진한 에스프레소 향이 나는 듯합니다.

2021년 9월 어느 날

마시멜로 같은 양 볼을 가진 소녀에 대해

초등학교 6학년에 재학 중인 한 소녀가 있다. 소녀는 코로나로 인해 주 3회 등교하지만, 온라인 수업보다 등교를 좋아하고, 하교 후에는 새로 사귄 반 친구들과 놀이터에서 2시간 정도 땀나게 노는 것을 좋아한다.

소녀는 휴대폰 사용제한에 불만을 조금 갖고 있었지만, 최근에 소녀는 엄마와 약속을 했다. 소설 『아리랑』 청소년 판 열두 권을 모두 읽으면 하루에 30분씩 카톡을 사용할 수 있게 해준다는 것인데, 한 권씩 읽을 때마다 책 줄거리를 엄마에게 이야기해 주어야 한다는 약속이다. 소녀는 하루 30분씩 카톡을 사용할 수 있다는 기대감에 책을 읽기 시작했는데, 처음에는 방언이 많이 나와 쉽게 읽히지 않았지만 갈수록 재미를 느껴 곧 열두 권 독파가 끝나간다고 한다. 스무 권 세트 만화책 읽기와는 달리 줄글 책 열두 권 읽기는 동기 부여가 필요한 것 같다.

여느 아이와 비슷하게 소녀도 수학 학원에 다니는데, 최근에 수학 선행학습을 하면서 학습에 대한 어려움을 느끼고 약간의 우울감을 보여 다니던 대형학원을 그만두고 작은 학원으로 옮기고 진도를 늦추기로 했다. 소녀는 학원 친구들과 비교되는 것이 부담스럽고 힘들었다고 하는데 힘든 마음을 표현한 소녀가 건강하게 보인다.

요즘 소녀는 늘 방문을 걸어 잠근 채 숙제하고 친구와 통화하고 온라인 수업도 하는데 아무것도 안 할 때조차도 방문을 잠그기도 한다. 엄마는 매번 문을 잠그는 이유를 궁금해하기보단 자라는 과정의 일부분으로 바라보기로 했다. 소녀는 자신의 미래를 궁금해하기도, 좋은 대학 못 가면 어쩌지? 라는 고민도, 공부를 잘하고 싶은 마음도, 예뻐지고 싶은 마음도 갖고 있는 걸 보면 생각이 많아지는 사춘기를 지나고 있는 듯하다. 하지만 엄마가 힘들어할 때면 엄마가 좋아하는 커피 마시며 쉬라고 안아주고 위로해 주는 따뜻함을 가진 여전히 사랑스러운 소녀이다. 엄마는 아직 아기처럼 곱고 부드러운 마시멜로 같은 양 볼을 가진 소녀가 어린아이

같지만, 이제 키도 엄마만큼 자라고 비밀도 많아지며 엄마와 점점 거리를 두려고 한다. 엄마는 그런 소녀와 정신적 교감을 이어나가기 위해 잔소리를 줄이고 좀 더 존중해 주자고 오늘도 스스로 다짐을 하고 있다.

네가 뭐가 힘든데?

　　누군가 내게 이렇게 다소 무례한 느낌의 질문을 한다면 듣는 순간 대답하고 싶지 않을 것 같다. 힘들어 보이는 누군가에게 어떤 게 힘드냐고 다정하고, 따뜻하게 물어봐도 힘든 걸 말한다는 건 쉬운 일이 아니기 때문이다. 이 글을 쓰고 있는 지금도 '내가 뭐가 힘들지?'라는 생각만으로도 눈물이 그냥 주르륵 흐르고 있다. 오랜 세월은 아닐지라도 50년 가까운 세월을 살아오면서 힘든 일이 한두 가지였을까? 누구나 마찬가지일 것 같다. 삶의 방식은 제각각 이어도 대부분의 사람들은 힘듦을 이겨내고 또는 짊어지고 묵묵히 살아가고 있다. 삶이란 희로애락과 함께이기에 그 누구도 피할 수 없으니 말이다.

　　난 오래전부터 마음이 너무 힘들고 속상할 때 일기를 쓰곤 했다. 일기라고 해봐야 1년에 몇 번 안 되지만 일기를 쓰면서 마음을 표현하고 생각을 정리하면 조금은 힘든 마음이 가라앉고 진정되는 느낌이었다. 결혼 이후에 쓴 일기장을 들춰 보면 모두 육아와 관련된 내용들인데 나 자신을 책망하다가 마무리는 더 좋은 엄마가 되겠다는 다짐으로 끝나는 비슷한 내용들이다.

미운 말을 하는 와중에도 옆에서 보이는 볼은 귀엽기만 한 세상에서 가장 사랑스러운 악동들, 나의 베이비들 두 딸이다. '전생에 무슨 악연이었던가?', '내가 전생에 아이한테 무슨 빚이 그렇게 많았던가?' 너무 힘들 때 울면서 떠올리던 생각들, 분명 외모는 닮았는데 '도대체 이해가 안 돼!', '왜 난 유난히 더 힘든 걸까?' 아이들이 초등 고학년 때까지 줄곧 했던 생각들이다. 첫째 아이를 내가 바라는 아이로 키워보려 애쓰다 보니 관계만 나빠질 대로 나빠지면서 나를 돌아보고 부족했던 지난날을 후회하기도 했다. 지금이라도 내가 변해야겠다는 생각으로 나름의 노력을 기울였지만, 단발성의 교육, 강연, 육아 관련 독서를 하며 했던 결심과 다짐들로는 변화되지 않았다.

스스로를 원망하고 다독이고를 반복하다 보니 어느새 첫째는 사춘기의 절정이라고 하는 중학교 2학년이 되었고, 어른인 내가 참고 기다려주어야겠다고 매번 생각하다가도 다시 욱하는 생활을 반복하며 언젠가부터는 하루하루를 조용히 보내는 것이 작은 소망인 날들이 이어지고 있다.

아이가 올바른 사람으로 잘 성장하기 위해 내가 먼저 변해야 하고 그게 맞는 거라고 생각하면서도 반복된 아이와의 갈등상황을 맞닥뜨렸을 때 결심했던 대로 되지 않는 나 자신을 보며 돌아서서 한숨짓고 후회하는 내가 나를 가장 힘들게 한다. 그럼에도 내일은 좀 더 성숙한 엄마가 되겠다고 오늘 또 다짐한다. 사랑스러운 딸을 좀 더 이해하고, 기다리자고. 딸과 사이좋은 엄마가 되겠다고 말이다.

아이의 사춘기와 맞물린 혼란한 시기를 보내며

2020년! 잊을 수 없는 해가 될 것 같다.

코로나 19로 온 세상이 들썩거리면서 모두가 힘든 한 해를 보냈고, 지금도 진행 중이지만 내게 가장 힘든 일은 등교를 못 해 원격수업하는 두 사춘기 딸들과 지내는 것이다. 둘째는 스스로 일어나 원격수업하고 숙제도 하는데, 잠 많은 첫째는 일어나는 것부터 전쟁으로 시작해서 이후 움직임 하나하나가 '느림의 미학'을 온몸으로 표현하려는 걸까? 하염없이 느긋하게 혼자 48시간을 가진 것처럼 원격수업은 안중에도 없고, 로맨스가 대부분인 '웹툰'이라는 늪에 빠져 허우적거리며 중학교 1학년을 보내는 아이를 보며 내 맘은 까맣게 타들어 갔다. 영어 학원을 다니지도, 집에서 따로 공부하지도 않으면서 전국 자사고를 가겠다고 하니 헛웃음만 나올 뿐이었다. 이유는 기숙사에서 생활하니까 엄마의 잔소리는 안녕이라는 것. '그럼 난 너무 땡큐지 제발 좀…'이라고 생각했다. '공부는 억지로는 안 되지. 스스로 하는 게 진짜 공부지.'라고 평소에 생각해왔던 터라 기다리는 마음으로 영어 공부를 손 놓고 있어도 강요하진 않았다.

아이들과 1년 내내 붙어 지내며 직장 맘들이 부럽기도 했다. 걱정되기도 하지만 내 눈으로 직접 안 보니 아이에게 화도 덜 낼 것이고, 엄마와 아이의 정신건강에 훨씬 좋을 것 같다는 생각이 들었다.

'내가 뭘 잘할 수 있을까?' 하는 고민은 계속해왔지만 직장을 퇴사한 지 7년이나 지났고, 특별한 재능도 자격증도 없는 내가 제2의 직업을 찾는 것은 뜬금없는 생각으로 여겨졌다. 다시 직업을 갖게 된다면 확실한 자격을 갖춘 후 해보고 싶다는 고민을 거듭하다가 직업상담사 공부를 선택했다. 공부를 더 미루지 말아야겠다고 생각한 첫 번째 이유는 나의 관심을 아이들이 아닌 다른 곳에 두는 것이었고, 두 번째는 제2의 인생을 준비하기 위한 것이었다. 중학생인 첫째는 자기만의 주장이 강해졌으니 부모의 잔소리보다 본인이 필요성을 느껴서 공부할 때까지 기다리고 난 나의 앞날을 준비해야겠다는 생각이 들었다.

너무나 오랜만에 책을 들여다보니 덜컥 겁도 나고 무모한 도전인가 싶기도 하지만 가족들도 알게 된 이상 포기는 할 수 없을 것 같다. "엄마는 책만 사고 공부는 안 한다."라는 말을 듣는 건 내 자존심이 허락하지 않기에 시험 치는 날까지 부지런히 해봐야겠다. 각자가 본인의 미래를 위해 묵묵히 걸어가며 옆에서 서로 응원만 해주는 부모 자식 관계가 되고 싶은 간절한 마음! 내가 지금 실천해 보려 한다.

나의 아가

곱디고운 분홍빛 살결을 보고 있노라면
눈이 부시던 나의 아가

먹는 모습 자는 모습 보고 있노라면
경이로움이 느껴지던 나의 아가

나날이 변해가는 몸짓 말짓에 엄마 눈은 반짝
밀려오던 감동의 순간들

연습도 준비도 못 한 내게 와 이만큼 자라느라
너는 얼마나 힘들었니?

아이와 어른의 중간 지점에서 혼돈의
시간을 보내고 있는 너

어두운 밤바다를 환히 비춰주는 등대처럼

늘 같은 자리에서 묵묵히 바라보는 엄마이고 싶구나

사랑한다 나의 아가

아이를 키우면서

아이들이 태어나 유아 시절까지 예쁘기도 하지만 워킹맘이었던 나는 육아가 너무 힘들었다. 가까이에 도와주는 사람 없이 두 살 터울 아이들을 키우며 보육기관에 보내면서 직장과 육아를 겸했던 것은 너무나 힘들었던 경험이다. 일찍 출근하고 늦게 퇴근하는 타이트한 직장생활로 육아 도우미의 도움을 받아가며 생활했지만 늘 동동거리며 지냈다. 퇴근 후 일찍 귀가해 아이들을 돌보고 싶었지만 잦은 행사와 회식으로 여의치 않았는데, 직장에서는 모든 직원의 참여를 원했기 때문에 빠지기도 어려운 상황이 많았다.

첫째 아이는 초등학교 입학 후 학교생활 적응이 힘들었는데 마음을 표현하는 방법이 서툴러 좋은 뜻이라도 친구의 기분을 상하게 하는 일이 있다고 담임 선생님으로부터 연락을 받았다. 친구와 놀고 싶은 마음을 표현할 때 "넌 손이 못생겼어."라고 엉뚱하게 얘기를 하면 듣는 친구는 선생님께 이르게 된다는 등 비슷한 일이 일어난다는 거였다. 퇴근 후 집에 와 아이와 마주 앉아 친구와 대화하는 방법과 친구 관계에 관해 얘기도 해보고 때로는 야단도 쳐 보았지만, 단기간에 변화될 수 있는 언어 습관이 아니었다.

그 무렵 도우미 이모님도 힘들다고 갑자기 그만두시겠다고 하고, 고민이 깊어지는 날들이 이어져 결국 퇴직을 결심하게 되었다. 퇴직하고 난 후 아이들을 남에게 맡기지 않아도 된다는 것은 정말 좋았는데, 첫째와의 엄청난 갈등이 기다리고 있었다. 여덟 살이 된 아이는 내 생각보다 생각이 많이 자라 있었는데, 뭐든 반대로 하고자 결심이나 한 듯 사사건건 부딪히고 학교를 가든 어디를 가든 늘 물가에 내놓은 아이처럼 맘이 편치 않았다. 여섯 살인 둘째에게는 적당한 시기에 그만둔 것 같아 별로 문제 될 게 없었고 둘째는 귀엽기만 했다. 두 아이의 기질이 많이 다른 게 그나마 다행이었다. 난 첫째를 잘 키우겠다는 결심을 하고 내가 생각하는 틀에 맞추어 키우려고 부단히 애썼지만 갈수록 마음의 거리는 점점 벌어지고 있었다. 아이에게 반복해서 알려주고 고학년이 되면 나아질 거라는 기대를 갖고 나름 열심히 노력했으나, 마음의 거리는 너무도 먼 것 같았다. 아이를 사랑하는 마음은 언제나 그 자리이고 크기도 같았지만 아이에게 전달은 거의 안 됐던 것이다. 소아청소년정신과 박사나 전문가의 책들은 읽는 동안에 내 맘에 위로는 되었지만 나와 아이의 실생활에 적용되지는 못했다. 난 부족한 엄마라는 생각 속에 자신감, 자존감은 바닥이었다. 많이 슬프고 우울했다. 누군가 나를 살짝 건드리기만 해도 눈물이 금방 왈칵 쏟아질 것만 같았다. 무엇이든지 끊임없이 노력하면 된다고 생각했는데 자식을 키우는 것은 넘을 수 없는 벽 같았다. 아이마다 기질이 다르고 엄마도 다르기에 어디에서도 정답을 찾을 수 없었다. 많은 비용과 시간을 지불하더라도 얻을 수 있는 비법 같은 건 없었고, 엄마인 내가 인내하면서 기다려주고 사랑을 주는 것만이 방법이라는 내 나름의 결론을 내렸다.

그렇게 혼자 결론 내렸지만, 같이 있는 시간이 길어지면서 '이게 나의 한계인가?'라는 생각을 매일같이 하게 되었다. 어릴 때부터 사랑을 많이 갈구하는 아이였는데 자라는 과정에서 보육자가 많이 바뀌게 돼 애정결핍이 커서 거기에 대한 부작용이 초등생이 된 지금 나타나는 거라고 생각했다. 이유야 어떻든 아이가 어떤 잘못된 행동을 해도 혼내기보다 부드러운 말투로 가르치고 '그래도 엄마는 너를 사랑해.'라고 해주었어야 했다. 첫째 아이라서 초등학교에 입학하게 되니 이제 사회생활에 적응해야 한다는 생각으로 엄하게 대했던 것이 아이가 고학년이 되면서 후회감이 밀려왔다. 어릴 때 사랑에 목말랐던 아이를 초등 입학 후에라도 좀 더 아기처럼 대해주고 너그럽게 대했어야 했는데 조급함만 갖고 있었던 내가 어리석게 느껴졌다. 아이가 고학년이 되고 보니 지나가다가 보이는 유치원생, 초등 저학년 아이들이 그렇게 어려 보이고 귀여울 수가 없어 보육교사를 해보고 싶다는 생각까지 했을 정도였다. '아이를 사랑하는 마음이 가장 중요하니 괜찮지 않을까?'라고 생각하고 보육교사를 하고 있는 지인 두 분한테 진지하게 조언을 구하기도 했다.

첫째가 초등 5학년이 된 후 반항심이 커지면서 힘든 날들의 연속이었다. 반항하는 첫째를 혼내고 있던 어느 날은 둘째가 방안에서 무서워 오들오들 떨고 있었던 적이 있었는데, 너무 마음이 아파 모든 게 내 탓이라는 자책감에 빠져들었다. 지난날을 돌이켜보면 첫째에게 미안함과 후회가 큼에도 불구하고 첫째가 중학생, 둘째가 초등 6학년인 지금도 그런 마음은 온데간데없고 여전히 좌충우돌하는 날들의 연속이다. 하지만, 현재의 예쁜 모습을 눈에 많이 담아 두려 자세히 들여다보고, 많이 안아주고, 쓰다듬고,

사랑한다고 얘기해주곤 한다. 사춘기인 첫째는 내 마음과 다르게 호응해주지 않지만 첫째를 사랑하는 마음이 짝사랑이든, 외사랑이든, 굳이 감추고 싶지는 않다. 더 자라면 지금 이 모습이 얼마나 그리울까? 내가 지금 마음껏 사랑해주지 않는다면 얼마나 후회스러울까? 아이들을 키우며 미안함이나 후회는 최대한 남기지 않는 게 목표이다. 자식을 키우면서 사랑하는 마음만 갖고는 절대적으로 어렵겠지만, 내가 우리 아이에게 가장 많이 무한대로 줄 수 있는 것이 사랑이기에 두 아이가 부담스러워 하지 않는 내에서 한순간도 빠짐없이 주고 있고 줄 것이다.

나에게 겸손하라고, 인내하라고, 더 탐구하라고, 끊임없이 노력하라고, 세상 모든 존재는 소중하다고, 일깨우러 온.

아이들은 내게 그런 존재들인가 보다.

이 아이들을 사랑하는 마음 가득 담아 지지해주고 가꾸어 보자고 다시 한번 마음에 새겨본다.

글을 쓰고 나서

마음속에 늘 좋은 엄마가 되고 싶다는 소망을 안고 다양한 부모교육 강의를 찾아다니던 중 학부모책이라는 교육과정을 만나게 되었다. 때론 스스로를 채찍질하고, 때론 위로받으며, 버거운 시기를 다잡아 가던 중, 만난 동료들과 함께 글을 써보자는 제안에 망설임도 많았지만 20대 때 꾸었던 작가의 꿈이 떠올랐고, 무엇보다 동료들과 함께이기에 부족함을 무릅쓰고 용기를 내게 되었다. 사춘기 아이들과 지내면서 마음의 평정을 찾아 글을 쓸 수 있는 시간을 갖는 것이 녹록지 않았지만, 쓰는 과정에서 옛 기억을 들추며 나를 돌아보고 잠잠하던 감성을 일깨우는 계기가 된 소중한 순간이었다. 부모교육을 통해 좋은 엄마가 되는 길에서 한 걸음 더 나아가게 해주신 김미숙 강사님께 감사드리고, 글 쓰는 여정을 함께한 동료들에게 감사를 드린다. 마지막으로 글을 쓰는 동기를 만들어 준 추운 겨울날 온돌방 같은 남편과 소중한 보물 두 딸에게 무한한 사랑과 감사를 보낸다.

김은성 ■■▥

예쁜 딸, 든든한 며느리, 사랑스러운 아내, 친구 같은 엄마로 살아가는 중입니다. 나에게 주어진 다양한 역할 속에서 내가 좋아하는 일들로 나의 시간을 채워 갑니다. 읽고, 쓰고, 좋은 사람들과 만나는 평범하고 소소한 일상의 행복을 즐깁니다.

엄마라는 선물

임신, 그날의 기억

　　어릴 때부터 손발이 차고, 면역력이 약해서 잔병이
많았던 나는 한의원에 갈 때마다 들었던 소리가 "이러면 나중에
아이를 못 낳을 수도 있어요."라는 말이었다. 어린 마음에 나는
그 말을 곧이곧대로 받아들여 아이를 못 낳을지도 모른다고 생각
하면서 살았다. 그래서 종손인 남편과 결혼하기 전에 나랑 결혼하
면 아이를 낳지 못해서 대가 끊길 수도 있는데 괜찮겠냐고 물었
을 정도다.

　　결혼하고 두어 달이 지난 어느 날, 회사에서 일하던 중 몸이 으
슬으슬 감기 기운이 도는 것 같아 휴가를 내고 본가로 향했다. 나
는 결혼과 동시에 일산에 있는 시가에 들어가 살았는데, 직장이
있던 강남에서 일산까지는 너무 멀기도 했고, 결혼한 지 얼마 되

지도 않았는데 골골하는 며느리의 모습을 시부모님께 보여 드리기가 민망해 본가에서 좀 쉬다가 가야겠다고 생각했던 것이다. 몸도 안 좋고, 입맛도 없어서 점심 대신 토마토 주스를 사서 지하철을 탔는데, 몇 모금 마시지도 않은 토마토 주스에 체했는지 속이 더부룩하고 메스껍기 시작했다. 나는 지하철에서 구토할까 봐 계속 걱정했지만, 다행히 걱정했던 일은 일어나지 않았다. 하지만 집으로 가는 길에 나는 마치 홀린 듯이 약국에 들렀고, 거기서 다른 약도 아닌 임신테스트기를 샀다. 어릴 때부터 워낙 자주 체했고, 체할 때마다 병원에 가는 것보다 그냥 바늘로 손을 따고 한숨 푹 자면 괜찮아졌던 체질이라 약을 살 일도 없었는데, 그날 나는 왜 뜬금없이 약국에 들러 임신테스트기를 산 것인지 아직도 의문이다. 이런 게 촉이라는 걸까?

어쨌든 본가에 도착한 나는 화장실로 직행해 임신테스트기부터 확인했다. TV나 영화에서는 많이 봤지만 실물을 본 건 그날이 처음이라 어떻게 사용하는 건지 사용법부터 확인하고, 화장실에 앉아 결과가 나올 때까지 기다리는데, 두근두근, 콩닥콩닥! 심장이 마구 나대기 시작했다. 그리고 아주 선명하진 않았지만, 테스트기엔 임신을 알리는 두 개의 선이 나타났다. '헐, 내가 임신이라니…!'

정말 신기했던 건, 내가 임신이라는 걸 알게 된 순간, 으슬으슬했던 감기 기운이나 메스껍고 더부룩했던 체기가 싹 사라지고, 기다렸다는 듯이 식욕이 샘솟았다는 것이다. 그래서 나는 그날 양가 부모님을 모시고 김치 삼겹살을 원 없이 먹었다. 그 많은 음식 중에 왜 하필 김치 삼겹살이 먹고 싶었던 걸까? 한국 사람치고 김치 삼겹살을 싫어하는 사람은 못 봤지만 지금도 아이가 게걸스럽게 김치 삼겹살을 먹을 때마다 '그날 내가 좀 더 고급스러운 음식을 먹을 걸 그랬나?' 하는 생각이 들곤 한다. 어쨌든 그날의 만찬 이후 한동안 나는 극심한 입덧의 고통으로 밥보다 수액의 힘으로 버티는 날들이 더 많았다.

엄마라면 누구나 임신을 확인하던 날의 경험이 있다. 내가 엄마가 되지 않았다면 절대 알 수 없는 수많은 경험 중 첫 번째 경험이라 그런지 17년도 넘게 지난 그 날의 기억이 아직도 생생하다. 임신이라는 걸 알게 된 순간, 내 안에 내가 아닌 새로운 생명이 자라나고 있다는 사실을 알게 되는 그 느낌은 말로는 표현하기 힘든 고귀한 어떤 것이었다. 좋아하던 술과 커피를 끊고, 몸에 좋은 음식 중 예쁘고 좋은 것들만 골라서 챙겨 먹게 되고, 좋은 책과 음악을 가까이하며, 멋지고 아름다운 풍경만 눈에 담고 싶은…. 이 세상 온갖 좋은 것들만 고르고 골라서 주고 싶은 마음은 사랑하는 연인에게 주고 싶은 마음과는 또 다른 마음이었다. 그렇게 귀하고 귀하게 열 달을 품어 아이를 낳아 보니 이 세상에 귀하지 않은 아이가 없었다. 모두가 어여쁘고, 모두가 소중한 것이다. 하나의 생명이 세상의 빛을 보게 되는 그 순간까지 얼마나 많은 정성과 마음이 쓰이는지 알게 되니 생명을 가진 모든 것들을 바라보는 나의 시선이 달라졌다. '아. 엄마가 된다는 건 이렇게 마음이 넓어지는 것이구나…' 엄마가 되지 않았으면 몰랐을 깨달음이었다.

어느 출산예찬론자의 출산기

2005년 1월 31일 새벽 3시 45분, 허리가 뻐근해 오는 느낌에 잠에서 깼다. 다음날이 출산 예정일이라 어쩌면 아이가 나올지도 모른다는 생각에 통증이 느껴지는 간격을 확인하기 시작했다. 책에서 읽은 대로 새벽 6시까지 2시간 동안 허리에서 느껴지는 통증의 간격이 점점 짧아지는 것을 확인한 나는 그제야 병원으로 향했다. 병원에 도착한 시각은 새벽 6시 30분, 나의 상태를 내진한 의사는 자궁문이 2cm나 열렸기 때문에 바로 병원에 입원해야 한다고 했다. 간호사들의 안내에 따라 입원 복으로 갈아입은 나는 일단 관장부터 시작했다. 출산 과정의 첫 시작이 관장이라니…!

TV에서는 보통 집에 있던 산모가 "아이고 배야~!" 하면서 배를 부여잡으면, 가족들이 허겁지겁 산모를 병원으로 데려가고, 다음

화면은 바로 죽을힘을 다해 아이를 낳는 장면으로 바뀌던데, 실제로 겪어보니 아기가 세상 밖으로 나오는 그날의 여정은 TV 속에서 보던 것과는 사뭇 달랐다.

어릴 때부터 귀가 닳도록 들었던 '출산의 고통'이 너무 두려웠던 나는 진작에 무통분만을 고려하고 있었는데, 산모가 원한다고 해서 모두 할 수 있는 게 아니라는 걸 그날 처음 알았다. 무통분만은 보통 자궁문이 4cm 정도 열렸을 때 시도할 수 있는데, 그 전에 관장까지 끝내려면 병원에 도착하는 시간이 잘 맞아떨어져야만 할 수 있기 때문이다. 다행히도 나는 무통분만을 할 수 있었고, 그 덕분인지 나에겐 아직도 출산의 고통보다는 '입덧의 고통'이 훨씬 더 크게 남아 있다.

여러 가지 출산을 위한 사전 준비를 끝낸 나는 아담한 가족분만실에 누워 배 속에 있는 아기와 만날 순간을 기다리고 있었다. 무통 주사 덕분에 통증이 경감되긴 했지만 그렇다고 통증이 전혀 없는 건 아니었다. 배와 허리에서 느껴지는 통증은 말로 설명하기 어려운 느낌이었고, 거기에 한 번도 겪어보지 못했던 출산에 대한 두려움까지 합쳐지니 고통이 배가 되는 것 같았다. 그 와중에 나는 "출산할 때 엄마가 소리를 지르면 아이가 뱃속에서 엄청 스트레스를 받는다."라는 말이 떠올라 아무 소리도 낼 수가 없었다. 배가 너무 아플 땐 이를 꽉 깨물고, 숨을 참으면 고통이 좀 덜했는데, 그러면 침대 옆에 주렁주렁 달린 기계가 '지금 배 속에 있는 아이에게 산소가 공급되지 않는다.'라고 바로바로 알려 주었기 때문에, 숨을 참기는커녕 쉴 새 없이 복식호흡을 해야 했다.

그렇게 병원에 도착한 지 6시간이 흐른 낮 12시 35분, '부-욱' 하고 회음부가 찢어지는 소리와 함께 드디어 내 아이가 세상에 태어났다. 초록색 수술용 시트에 싸인 채, 나와 처음 눈을 맞춘 아이는 얼굴에 주름이 자글자글하고 까만 머리에는 피딱지가 여기저기 엉겨 붙어 있는데, 사실 너무 못생겨서 눈물이 날 뻔했다. 그렇게 간호사는 아주 잠깐 아이의 얼굴을 보여주며 건강하게 출산했다는 사실을 알려 준 뒤 아이를 신생아실로 데려갔고, 나는 찢어진 회음부를 마저 봉합해야 했다.

출산의 모든 과정이 끝나고, 병원에서 운영하는 산후조리원을 선택한 나는 산후조리실로 바로 이동했고, 몇 시간 후 말끔하게 씻겨 머리까지 곱게 빗어 넘긴 채 아기 바구니에 담겨 온 내 아이를 만날 수 있었다. 분만실에서 만날 때와 달리 어찌나 작고 예쁘던지…. 그날의 기억이 아직도 생생하다. 꼬물꼬물 그 작은 아기가 행여나 어찌 될까 무서워 나는 모든 행동이 조심스러웠고, 온 신경이 아이에게만 집중되어 있었다. 갓 태어난 아기는 잘 움직이지도 못하고, 콩알만큼 작고 가벼울 테니 무사히 출산만 하면 그래도 한동안은 몸이 좀 편할 줄 알았다. 하지만 출산 후에도 여전히 만삭같이 나온 배는 없어지지 않았고, 젖 때문에 퉁퉁 부은 가슴도 너무 무겁고 아팠다. 침대에 앉아 있으면 봉합한 회음부가 쓰라려 고통스러웠지만, 아기에게 젖을 물리려면 앉아야만 했다. 젖을 먹이는 일은 어쩌면 그렇게도 힘들던지…. 그때 처음 "아기는 배 속에 넣고 다닐 때가 제일 편하지." 하셨던 어른들의 말씀을 이해할 수 있었다.

그럼에도 불구하고 나는 출산예찬론자다. 여자로 태어나 누릴 수 있는 가장 큰 기쁨 중 하나가 '엄마'가 되는 것이라고 생각하기 때문이다. 내 안에 새로운 생명을 키워 세상의 빛을 보게 하는 그 경이로운 순간은 직접 겪어보지 않고는 알 수 없다. 나는 엄마가 아이에게 젖을 물리기 전, 젖이 도는 그 찌릿찌릿한 느낌을 많은 사람이 알았으면 좋겠다. 학교나 직장 혹은 집에서는 한없이 부족하고 못난 자신일지라도 젖이 도는 그 순간, 세상에 태어난 한 아기를 온전히 책임질 수 있는 나 자신이 얼마나 귀하고 대단한 존재인지 새삼 깨닫기 때문이다. 그래서 나는 지금도 가끔 내 자존감이 바닥을 칠 때면 젖이 돌 때의 그 느낌을 상기시키며 다시 힘을 얻곤 한다. 말로 설명하기엔 너무 부족한 그 느낌을 부디 직접 느껴보시기를….

배우자를 선택하는 기준

결혼할 생각이 있는 사람이라면 누구나 배우자를 선택하는 기준이 있을 것이다. 나는 어릴 때부터 그 기준이 명확했는데, 첫째, 나를 사랑할 것, 둘째, 나만 사랑할 것, 셋째, 진심으로 나를 사랑할 것이었다. 농담처럼 들리겠지만 진짜다. 나를 사랑하는 마음, 그거 하나만 있으면 나머지는 다 해결될 거라고 생각했다. 물론 그 밖에 몇 가지 소소하게 체크한 항목들이 있긴 했다. 기본적인 인성이나 소양을 갖춘 사람인지(여기서 기본적인 인성이나 소양이란 사람들에게 예의가 바른지, 욕이나 거친 말을 사용하지 않는지 등 평소 그 사람의 태도와 말버릇을 뜻한다.) 부모님과 형제자매와의 관계는 양호한지, 언제든지 키스하고 싶을 정도의 외모인지를 확인했는데, 내 남편은 이런 나의 기준에 매우 적합한 사람이었다.

그래서 나는 처음부터 시부모님과 함께 살아야 하는 것도 괜찮았고, 그 집이 내가 다니던 직장과 2시간 거리에 있는 것도 괜찮았다. 아니, 오히려 시부모님과 함께 살았기 때문에 여러 가지로 편한 부분이 많았다. 특히 나 같은 초보 엄마들은 처음 아이를 낳고 산후조리하는 시기가 매우 중요한데, 자식을 둘이나 낳아 보신 시어머니께 24시간 밀착 케어를 받을 수 있다는 건(그것도 공짜로) 엄청난 행운이었다. 시어머니는 살림 솜씨가 워낙 뛰어난 분이시라서 처음엔 그 기준을 맞추느라 살짝 버겁기도 했지만, 내 아이가 태어난 후에는 시어머니의 그 까다로운 기준이 오히려 안심되고 좋았다. 게다가 그 당시 나는 육아휴직을 사용할 수 없었기 때문에 3개월이라는 짧은 산후휴가가 전부였는데, 그 짧은 휴가 기간에도 시부모님 덕분에 한의원을 다니며 틀어진 골반을 바로잡는 산후관리를 받을 수 있었고, 다행히도 바로 잡힌 골반 때문인지 임신 중 17kg이나 늘었던 체중도 거의 빠져서 복직할 때는 예전에 입던 옷을 그대로 입고 출근할 수 있었다.

3개월을 쉬고 복직한 회사는 달라진 게 없었다. 불룩했던 내 배가 홀쭉해진 것 외엔 모든 게 그대로였다. 3개월을 쉬고 나왔지만, 어제도 출근했던 것처럼 빠르게 적응해야 했고, 3개월을 쉬고 나왔으니 알아서 눈치껏 더 열심히 일해야 했다. 하지만 열 달을 뱃속에 품고 다녔던 아이를 집에다 두고 나 혼자 나와 있으려니 일하는 중에도 아이가 계속 생각났고, 생후 1년은 엄마와의 애착 관계를 형성하는 것이 아이에게 무엇보다 중요하다는데 아이와 함께 보낼 수 있는 시간이 너무 없다는 게 심적으로 몹시 힘들었다. 그때 남편은 하던 일이 적성에 맞지 않아 잠시 쉬고 있었는데, 아이는 시부모님께서 너무 잘 돌봐주셨기 때문에 남편은 말 그대로 정말 쉬는 게 일이었다. 물론 남편도 나름대로 스트레스가 있었겠지만, 새벽 5시부터 저녁 8시까지 온종일 밖에서 시달리다 들어온 나는 저녁 설거지를 하는데, 거실 소파에 비스듬히 누워 게임을 하는 남편을 보고 있으면, 가슴 속 저 밑에서부터 끓어오르는 화를 참을 수가 없었다. 그 당시 남편의 나이는 27세, 지금 생각해 보면 어리디어려서 아직 자기 앞가림도 못 할 나이다. 그 어린 나이에 덜컥 남편이 되었고, 아빠가 되었으니, 가장의 무게를 알 리가 만무하다. (물론 그 나이에도 가장의 역할을 훌륭하게 해내는 사람들도 많겠지만….) 하지만 그때의 나는 지금처럼 관대하지 못했다. 오로지 나의 힘듦과 수고만 보였고, 남편은 손 하나 까딱하지 않아도 되는 든든한 홈그라운드에서 그저 놀고먹는 놈팡이로만 보였다.

결혼할 때는 그저 나만 사랑하면 된다고, 돈은 내가 벌면 그만 이라던 그 마음은 온데간데없이 사라지고, 가장이면 나가서 막노동이라도 해야 하는 거 아니냐며 남편에게 화를 내는 날들이 많아졌다. 그런 날들이 하루 이틀 쌓이면서 나는 자연스럽게 남편과의 이혼까지 생각했는데, 남편은 정말 아무 생각이 없었다. 시간이 오래 흐른 뒤, 남편과 그때의 심정에 관해 대화한 적이 있는데, '이혼하고 싶었다.'라는 나의 말에 몹시 충격을 받는 남편을 보며, '그때 난 대체 누구랑 무엇을 한 것인가!' 하고, 스스로 한심했던 기억이 난다. 어쨌든 남편이 다시 일을 시작하고, 그동안 남편도 취업하기 위해 나름대로 열심히 노력했다는 것을 알게 된 후 나의 분노는 말끔히 사라졌다.

만약 그때 아이가 태어나지 않았다면, 나는 남편에게 그렇게까지 화가 났을까? 물론 약간의 화는 날 수 있었겠지만, 이혼을 생각할 정도는 아니었을 것이다. 내가 배우자를 선택하는 기준을 세울 때, 나는 나 외에 나의 아이에 관한 생각은 하지 못했다. 결혼은 남편과 내가 자녀의 삶을 함께 책임져야 하는 중요한 일도 포함되어 있다는 것을 미처 고려하지 못했던 것이다. 하지만 막상 아이를 낳고 보니, 아이가 나보다 더 소중하게 느껴졌고, 결혼 전에는 생각해 본 적도 없는 아빠의 역할을 남편에게 강요하게 되었던 것이다.

아이를 낳아 보지 않았다면, 내가 엄마가 되지 않았다면 몰랐을 경험이었다. 아이를 키우는 일은 이렇게 새로운 것들을 경험하게 한다. 그리고 그것을 통해 많은 것들을 깨닫고 배우게 한다. 어떤 날은 그 배움이 너무 버겁게 느껴져 도망가고 싶은 날도 있지만, 대게는 감사하고 행복한 날들이 더 많다. 그러니, 아직 엄마가 되지 않은 여성들에게 부디 겁부터 먹지 말고, 꼭 엄마가 되어 보라고 권하고 싶다.

흔들리지 않는 엄마 되기

나는 국민학교를 졸업했다. 한 반에 정원이 60명 정도라 저학년 때는 오전반과 오후반으로 나누어서 등교하기도 했다. 1학년부터 6학년까지 매일 즐거운 날들만 있었던 것은 아니었지만, 지금까지 내 곁에 있는 가장 친한 친구들 대부분이 그때 만난 친구들인 걸 보면, 나에게 있어 그 시기는 너무나 중요한 시기였다. 특히나 나는 남편도 초등학교 동창이라 초등시절 친구에 대해 좀 더 예민한 편이다. 그러다 보니 자연스럽게 아이의 초등학교 입학은 나에게 큰 고민이었다.

내가 어릴 땐 초등학교는 다 똑같은 초등학교인 줄 알았는데, 엄마가 되고 보니 초등학교의 종류만 해도 국립, 사립, 공립에 국제학교, 대안학교까지 너무나 다양했다. 거기에 혁신학교니, 영어

특성화학교니 하는 세부적인 부분까지 따지고 들면 초등학교 고르는 게 무슨 대학 고르기만큼 까다롭고 복잡한 일이었다. 친구 중에 제일 먼저 엄마가 된 나는 조언을 구할 친구도 없었기 때문에 책과 인터넷, 여러 강의를 찾아 들으며 아이의 초등학교 입학을 준비할 수밖에 없었다.

그렇게 아이가 다닐 초등학교를 찾아보면서 나는 수많은 교육정보 커뮤니티를 발견했다. 물론 이전에도 어떤 부모들은 원정 출산부터 시작해 자녀가 태어나기도 전에 유명한 유치원과 학원에 대기 명단을 올려 둔다는 소문을 듣기는 했지만, 막상 그런 커뮤니티를 직접 내 눈으로 확인하고 나니, 갑자기 조바심이 생기기 시작했다. 이렇게 일찍부터 교육받은 아이들과 아무 생각 없이 실컷 놀기만 한 내 아이가 같은 초등학교에서 만나 경쟁을 한다면 결과는 불 보듯 뻔할 텐데, 그동안 워킹맘이라는 핑계로 내가 너무 안 일하게 아이를 키운 건 아닌가 싶어 무거운 죄책감이 밀려오기도 했다. 그렇다고 무작정 그들처럼 따라 하기엔 나에게는 돈도 시간도 정보도 모든 것이 턱없이 부족했다. 이러지도 저러지도 못하는 상황에서 나는 수없이 갈팡질팡했고, 그런 날이면 어김없이 신경이 예민해져 집에서도 회사에서도 송곳처럼 뾰족해지기 일쑤였다.

그렇게 한참을 방황하던 어느 날, 어떤 책에서 아이의 교육을 위해 엄마가 해야 할 가장 중요한 일은 "뚜렷한 목표를 세우고, 절대 흔들리지 않는 것이다."라는 글을 읽었다. 이전에도 어디선가 읽었을 법한 그 문구가 그날은 유난히 나의 시선을 잡아끌었고, 나는 그 자리에서 바로 정신이 번쩍 들었다. 아이가 즐겁고, 행복하게 다닐 수 있는 학교를 찾고 싶은 게 나의 목표였지, 아이를 친구들과의 경쟁에서 이길 수 있게 하는 것이 나의 목표가 아니었는데, 공부는 잘 못해도 주눅 들지 않고, 누구보다 즐겁게 학교생활을 했던 왕년의 멋진 친구들처럼 내 아이도 그렇게 학교생활을 즐길 수 있길 바랐던 내가 왜 그렇게 흔들렸는지 너무 창피하고 부끄러웠다. 결국, 나는 더이상 흔들리지 않기 위해 엄청난 수고를 들여 가입했던 수많은 교육 커뮤니티들을 모두 탈퇴했다. 그리고 아이가 원하는 대로 바로 집 앞에 있는 공립초등학교에 입학시켰다. 아이는 초등학교에 입학할 때까지 유치원 수업 외에 따로 사교육을 받지 않았지만, 할머니, 할아버지께서 아이와 열심히 놀아주시면서도 한글과 숫자 공부를 병행해주신 덕분인지 무리 없이 초등학교 생활에 적응했다. 그리고 내가 바라던 대로 매일 아침 학교에 빨리 가고 싶어 안달이 날 정도는 아니었지만, 그래도 매일 학교에 가는 걸 좋아했다.

그렇게 그 초등학교를 졸업하겠거니 생각하던 4학년의 어느 날, 정확히 말하자면 여름방학이 끝날 무렵이었다. 4학년 1학기 여름방학에 집 근처에 새로 생긴 국제대안학교에서 3주 동안 진행한 여름 캠프에 아이를 등록시켰는데, 3주의 캠프가 끝날 때쯤 아이가 그 학교로 전학을 가고 싶다고 했다. 그 학교는 비인가 대안학교라 아직 한국에서는 정식으로 학력 인정을 받을 수 없었고, 전 과목을 영어로 수업해야 하는 데다 학비도 만만치가 않았다. 처음엔 갑자기 전학을 가고 싶다는 아이의 말에 혹시나 학교에서 내가 알지 못하는 힘든 일을 겪고 있는 건가 싶어 걱정되었는데, 다행히 그런 문제가 있었던 건 아니었다. 아이는 비록 본인이 다른 아이들보다 영어를 잘하진 못하지만 3주 동안 진행된 여름 캠프를 통해 충분히 극복할 수 있다고 판단했고, 대안학교의 즐겁고 자유로운 학습 분위기를 무척이나 마음에 들어 했다. 결국, 그해 9월, 아이는 국제대안학교로 전학을 했다.

아이를 대안학교로 전학시키는 과정에서 주변의 만류가 참 많았다. 당장 양가의 부모님들 모두 반대가 심하셨고, 친한 친구들과 직장 동료들도 걱정을 감추지 않았다. 아직 우리나라의 교육계는 보수적이라 아이가 대안학교를 졸업하고, 검정고시를 봤다고 하면 대학입학 면접에서부터 좋지 않은 시선을 받을 것이고, 어찌 어찌 대학은 입학한다고 하더라도 취업하기는 힘들 거라는, 아직 일어나지도 않은 먼 미래의 이야기들을 들으며 나는 또 흔들리기 시작했다. '옛말에 어른들 말씀 틀린 게 없다던데, 과연 지금 나의 이 선택이 내 아이의 미래에 도움이 되는 게 맞을까? 아이가 아무리 좋다고 해도 현실에 맞게 판단하는 게 엄마의 역할이 아닐까?' 전학을 결정해야 하는 시간이 너무나 짧았기 때문에 나는 하루에도 수십 번씩 드는 똑같은 고민에서 벗어날 수가 없었다. 그러다 문득 초등학교 입학 준비를 하던 그때의 내가 떠올랐다. '뚜렷한 목표를 세우고, 절대 흔들리지 말 것!'

나에게 뚜렷한 목표는 언제나 아이의 즐거운 학교생활이었다. 공부나 성적이 1순위였던 적은 없다. 행복은 성적순이 아니라는 걸 너무 잘 알고 있기 때문이다. 그래서 아이와 함께 왜 전학을 가고 싶은지, 만약 전학을 가서 어렵고 힘든 상황이 생기면 어떻게 할 것인지 등에 대해 다시 한번 많은 대화를 나누고, 우리는 바로 전학을 결정했다. 다행스러운 건 지금도 우리 가족은 종종 그때의 결정을 정말 탁월한 선택이었다고 회자한다는 것이다.

한 생명을 스스로 책임질 수 있는 어른으로 키운다는 건 정말 대단한 일이다. 기저귀부터 분유, 아이가 먹고, 입고, 만지는 모든 것들부터 시작해 어린이집, 유치원, 학교 등등 아이가 자랄 때까지 엄마가 고민하고 선택해야 할 일들이 끊임이 없다. 한 끼 식사 메뉴를 선택하는 것도 버거운 날들이 많은데, 나의 선택이 내 아이의 인생에 큰 영향을 미칠지도 모른다는 그 책임감의 무게는 정말 말로 표현하기가 어렵다. 그럴 때면 나보다 잘하고 있는 것처럼 보이는 다른 사람의 선택에 슬쩍 묻어가고 싶은 마음이 크게 올라온다. 하지만 중요한 건 나와 그 사람이 다르듯 내 아이와 그 사람의 아이도 다르다는 것이다. 그에게는 옳았던 선택이 나에게는 그른 것이 될 수 있다. 아이의 초등학교 선택을 통해 내가 깨달은 것은 부모는 아이를 위한 교육철학을 가져야 하고, 그것을 위해 뚜렷한 목표를 세우고, 흔들리지 않는 부모가 되어야 한다는 것이었다. 초등학교 이후에도 나는 엄마로서 선택하고 결정해야 할 일들이 많았지만, 그때마다 나만의 교육철학을 떠올리며 흔들리지 않으려고 노력했다. 만약 이 글을 읽고 있는 당신이 예비 부모 혹은 미취학 자녀를 둔 부모라면 우선 흔들리지 않는 자신만의 교육철학부터 만들기를 권한다.

싸움닭이라도 좋아

내가 초등학교 3학년 때의 일이다. 좁은 골목길을 지나가는데, 뒤에서 승용차 한 대가 다가왔다. 흰색 중형 승용차는 경적을 울리지 않았지만, 나는 본능적으로 차가 지나갈 수 있도록 최대한 벽으로 바짝 붙었다. 그런데 바로 그 순간, 승용차의 묵직한 바퀴의 느낌이 나의 발등에 그대로 전해졌고, 나는 멍하니 그 자리에서 얼어 붙어버렸다. 사실 그때의 느낌이 어땠고, 통증의 강도가 어느 정도였는지 지금은 전혀 기억이 안 난다. 그냥 그 자리에서 쓰러지거나 자지러지게 울지 않았던 걸로 보아 생각했던 것보다 그렇게 많이 아프진 않았을 거라고 짐작하는 정도다. 그 당시 그 차량의 운전자는 차의 타이어가 내 발등을 밟고 지나간 걸 눈치챘는지 창문을 내려 나에게 괜찮냐고 물었고, 나는 그냥 고개만 끄덕였던 걸로 기억한다. 그렇게 그 차는 유유히 골목을 빠져나갔고, 그제야 나는 신발을 벗어 내 발등을 확인했었다. 벌게진 발등은 특별히 걷는 데 아무런 문제가 없었고, 난 그 일을 아무에게도 말하지 않았다.

　나는 그런 아이였다. 지금 생각하면 경찰에 신고했어야 할 법한 부당한 일들도 많았지만, 그 모든 일에 전혀 대항하지 않았고, 그런 일들을 주변 사람들에게 조잘조잘 알리지도 않았다. 얼굴을 붉히며 싫은 소리를 하기보다는 그냥 웃어넘기는 게 속이 편했을 뿐인데, 어른들은 그런 나를 '조용하고 말 잘 듣는 착한 아이'라고 칭찬했다. 나는 그 칭찬이 마음에 들었고, 가능하면 영원히 그 이미지를 고수하고 싶었다.

　그런데, 그런 내가 엄마가 되고 난 후 달라졌다. 친정어머니는 종종 내 남편과 아이에게 "얘가 어릴 땐 참 착했어. 말도 잘 듣고, 속을 썩인 일이 없어서, 나는 그냥 거저 키웠다니까! 근데 지금은 왜 저러나 몰라~!" 하고 말씀하신다. 주로 내가 미간에 힘을 잔뜩 주고, 성까지 붙여 아이의 이름을 크게 불러 대거나, 그냥 대충 넘어가도 될 것을 꼬박꼬박 따져가며 남편과 얘기할 때 하시는 말씀이다. 사실 조용하고 얌전하다고 착한 게 아니고, 해야 할 말을 하면서 사는 게 나쁜 게 아닌데 그렇게 배우고 자라신 어머니 눈에는 착했던 내가 변했다고 느껴지시는 것이다. 나도 딱히 변하고 싶은 생각은 없었는데, 아이를 낳아 보니 세상엔 위험한 것들이 너무 많아 보였다. 세상에 있는 온갖 부당한 것들로부터 내 아이를 지키려면 조용하고 얌전한 이미지를 고수하기보다 해야 할 말을 하는 용기가 더 필요했다.

아이가 초등학교 3학년 때의 일이다. 내 아이는 어릴 때부터 미술에 큰 관심은 없었지만 따라 그리는 그림은 곧잘 그리는 편이었다. 나는 세상을 살아가는 데 있어 디자인적 감각이 매우 중요하다고 생각하기 때문에 아이가 미술에 관심을 두기를 바랐다. 하지만 초등학교에 입학한 아이는 자기보다 그림을 잘 그리는 아이들이 많다는 걸 알게 되자 더더욱 미술을 멀리하려고 했고, 나는 아이가 미술을 싫어하게 될까 봐 걱정되었다. 그래서 어떻게 하면 아이가 미술에 흥미를 느낄 수 있을까 고민하다 우연히 한 카드사에서 진행하는 그림대회를 발견했다. 만 4세 이상의 아동부터 초등학생을 대상으로 하는 그 그림대회는 카드사 홈페이지에 선착순으로 신청하면, 행사 당일 참가자 전원에게 상장과 메달을 수여하는 행사였다. 물론 출품작 중에서 다시 심사해 뛰어난 작품은 별도로 시상하기도 했지만 거기까지는 바라지도 않았다. 다만 아이가 그림대회에 나가서 상장과 메달을 받으면 자기도 미술에 소질이 있다고 생각해 흥미를 느낄 수 있지 않을까 하는 기대감에 일단 부리나케 신청부터 했다.

행사 당일 우리 가족은 도시락과 돗자리, 미술 도구를 준비해 과천어린이공원으로 향했고, 행사장은 선착순으로 미리 참가 신청을 받은 것 외에 현장에서도 추가로 참가 신청을 받느라 일찍부터 분주했다. 우리는 현장에서 나눠준 도화지와 '장래 희망'이라는 그림 주제를 받아서 적당한 곳에 자리를 잡았다. 그림대회라는 말에 처음부터 가기 싫어했던 아이는 그림을 그리면서도 투덜댔지만, 생각했던 것보다 훨씬 열심히 그림을 그리고, 정성껏 색칠했다.

그날 그림대회는 마감 시간 전까지 운영본부에 그림을 제출하고, 상장과 메달을 받아서 집으로 돌아오면 되는 것이었다. 마감 시간이 거의 임박할 때까지 열심히 그림을 그린 아이와 나는 그 그림을 제출하기 위해 함께 운영본부로 갔다. 현장에는 이미 그림을 제출하기 위해 줄을 선 사람들이 많았고, 줄도 한두 개가 아니었다. 우리도 얼른 줄을 섰는데, 문제는 바로 내 앞에 서 있던 사람에게 일어났다. 두 아이를 데려온 엄마가 운영본부 직원에게 "저희 아이는 두 명인데, 한 명에게만 메달을 주신다고요?" 하고 모기처럼 작은 목소리로 이야기하는 게 들렸다. 직원은 "네, 죄송합니다. 메달이 다 떨어졌어요."라고 대답했고, 그녀는 뭔가 더 말하고 싶어 하는 듯했지만 이내 체념하고 돌아서 버렸다.

그리고 다음 내 차례가 왔다. 직원은 나에게 별로 미안하지도 않은 표정으로 "죄송하지만, 상장이랑 메달이 다 떨어져서 더 이상 드릴 수가 없습니다."라고 말했다. 이미 앞사람의 경우를 지켜봤기 때문에 예상하던 말이었고, 순간적으로 나도 '그냥 돌아가야 하나?' 하고 생각했지만, 아침부터 마감 시간이 다 되도록 열심히 그림을 그린 내 아이를 생각하니, 그냥 돌아가는 게 너무 억울했다. 게다가 대수롭지 않다는 듯 성의 없이 말하는 직원을 보니, 갑자기 화가 치밀어 올랐다.

나는 최대한 침착한 목소리로 "네? 뭐라고요?" 하고 다시 물었고, 직원은 귀찮다는 듯 다시 한번 똑같은 말을 되풀이했다. 나는 다시 침착하고 이성적인 사람인 척 목소리를 가다듬고 "지금 그게 말이 됩니까? 카드사에서 행사를 주최하면서 행사 참가 인원에 대해 관리 안 하시나요? 미리 사전신청 받아서 진행한 행사인데, 갑자기 상장과 메달이 떨어졌다는 게 가능한 일인가요?" 하고 물었더니, "오늘 현장에서 참가 신청한 인원이 너무 많다 보니 그렇게 됐습니다." 하고 직원이 대답했다. 나는 그 대답이 더 기가 차고 어이가 없어서 "그럼 사전에 신청은 뭐하러 받으신 거죠? 그 것도 선착순으로 인원 제한해서 받으시더니, 현장에서는 인원 관리 없이 무조건 신청하면 다 오케이인가요?" 하고 쏘아붙이듯 말했다. 내가 여기까지 말하는 동안 내 아이는 이미 내 손을 몇 번이나 잡아당기며 "엄마, 그냥 가자."라고 작게 말하고 있었다. 하지만 나는 이미 제어가 불가한 상태가 되었고, "선생님이 행사 책임자신가요? 행사 책임자와 얘기하고 싶네요."라고 말했다.

직원은 내가 보통 아줌마가 아니라는 생각이 들었는지 금방 다른 직원을 데리고 왔다. 나는 그 사람에게 아까 했던 말을 똑같이 다시 한번 말했고, 추가로 이렇게 큰 회사에서 아이들을 상대로 개최하는 행사를 이렇게 설렁설렁할 거라고 생각하지 않는다. 현장에서 더 많은 아이에게 기회를 주려다 보니 이런 실수가 생길 수 있다고 생각한다. 그러면 최소한 먼저 약속했던 부분을 지키려고 노력해야 하는 것 아니겠냐, 사전신청 받을 때 이미 개인정보를 받았으니 오늘 현장에서 상장과 메달을 못 받은 아이들에게는 나중에 우편으로 보내줄 수도 있을 텐데, 무조건 다 떨어졌으니 그냥 돌아가라고 말하는 건 너무 무책임한 것 아니냐고 덧붙였다. 책임자인지 알 수는 없지만, 나중에 온 그 직원은 내 말에 수긍하며, 아까 그 직원은 그냥 아르바이트생이라 뭘 잘 몰라서 그런 거였다며 죄송하다고 사과했다. 그리고는 내가 말한 대로 오늘 상장과 메달을 못 받은 분들은 우편으로 보내주겠다고 크게 얘기하며, 다시 그림을 받기 시작했다.

그날로부터 한 2주 후, 카드사에서는 약속했던 대로 상장과 메달을 집으로 보내주었다. 나는 마치 정의가 실현된 것처럼 너무 기쁘고 뿌듯했지만, 내 아이에게 그날의 경험은 '싸움닭 같은 엄마'의 이미지만 남았는지, 결국 미술에 대해 더 안 좋은 추억만 만들어 준 꼴이 되어버렸다.

아이는 아직도 가끔 그날의 기억을 떠올리며, 그때 자기가 얼마나 창피했는지 지금도 그날을 생각하면 얼굴이 화끈거린다며 호들갑을 떨곤 한다. 그러면 옆에 있는 식구들이 모두 맞장구를 치며 한마디씩 거들어서 어느새 나는 점점 더 지독한 싸움닭이 되어버리지만, 이제는 너무 익숙하기도 하고 그 이미지가 그리 싫지도 않아 그냥 웃어넘기고 만다. 솔직히 말하면 어린 시절의 나보다 '싸움닭'처럼 변해버린(?) 지금의 내가 훨씬 더 마음에 든다. 남들 눈에는 드세고 깐깐해 보일지 몰라도 좋은 것과 싫은 것, 옳은 것과 그른 것에 대해 솔직하고 분명하게 말할 수 있는 내가 당당하고 멋져 보이기 때문이다. 아이 덕분에 나에게는 용기가 생겼고, 이 용기는 때때로 내가 새로운 것들에 도전할 수 있도록 더 큰 힘을 주곤 한다.

신의 선물

아이를 배고 출산하는 것은 한 번도 경험해 보지 못했던 일들이라 무지에서 오는 두려움이 컸다. 하지만 아이가 점점 자라 유치원에 입학한 이후부터는 나도 어릴 때 직접 경험해 보았던 과정이라 무지에서 오는 두려움은 없었지만, 문제는 그사이 세상이 참 많이 변했다는 것이었다. 물론 그때나 지금이나 어린아이들에게 가르치는 것이 크게 다를 건 없겠지만, 내가 어릴 때 비하면 직접 체험하면서 배울 수 있는 것들도 너무 다양해졌고, 주 5일 근무의 정착과 교통의 발달로 주말을 이용해 짧은 여행을 다녀올 수 있는 기회도 많아졌다. 덕분에 나는 아이를 핑계 삼아 주말마다 전국 방방곡곡을 돌아다녔고, 1년에 한두 번씩은 꼭 해외여행을 다니곤 했다. 정작 아이는 너무 어려서 하나도 기억을 못하는데도 직접 가서 보고 들으면 더 오래 기억할 거라는 핑계는 놀러 다니기 좋아하는 우리 부부에게 더없이 좋은 구실이 되었고, 마이너스 통장을 만들어서라도 여행을 떠날 수 있는 명분이 되었다. 가만히 생각해 보면 어떻게 그렇게 쉬지 않고 돌아다닐 수 있었는지, 어디서 그런 에너지가 나왔는지 믿기지 않지만, 아이가 청소년이 된 지금은 그것이 신의 계획이었다고 생각한다.

부모들이 자라 온 시대나 각 가정환경에 따라 각자 개인차가 있겠지만, 내가 자랄 때는 경험해 보지 못했던 것들을 아이를 통해 경험하게 될 때 참 감사하다는 생각을 많이 했다. 여행을 갈 때마다 전국에 있는 각종 박물관과 도서관들을 다니며 우리나라의 역사나 여러 가지 다양한 상식들을 배우게 될 때마다 어릴 때 제대로 익히지 못했던 것들을 이제야 제대로 공부하게 되는 것 같아 아이에게도 정말 고마웠다. 아이가 아니었다면, 내가 엄마가 아니었다면 과연 내가 국내 여행을 하며 그 많은 박물관들을 찾아다녔을까? 박물관뿐만이 아니다. 교과서에 나오는 유명한 지형이나 장소, 별과 달을 관찰하는 천문대, 다양한 과학실험을 진행하는 과학관, 여러 가지 직업을 체험하는 잡월드, 상상력과 창의력을 키워주는 미술관과 수많은 공연장, 일출과 일몰을 감상하는 전국 명소들…. 하나부터 열까지 열거하자면 끝도 없을 만큼 많은 것들을 아이와 함께했다.

밖으로 나가는 것보다 집에서 장난감을 가지고 노는 것을 더 좋아했던 아이는 주말마다 어딘가로 떠나는 일정을 그리 달가워하지 않았지만, 그렇게 나가서 직접 눈으로 보고, 귀로 듣고, 실제로 만져본 것들을 더 잘 그리고 더 오래 기억했다. 그러면 나는 더욱 신나서 아이보다 더 열심히 보고 익혔다가 이동하는 차 안이나 잠자리에서 그날 보았던 것들에 관해 이야기하며, 아이가 흥미를 느끼고 더 잘 기억할 수 있도록 도와주었다.

"누군가를 가르칠 때 비로소 진짜 내 공부가 된다."라는 말처럼 아이를 가르치기 위해 했던 나의 노력들은 고스란히 나의 것이 되었고, 아이에게 가르칠 수 있는 것이 늘어날수록 나의 실력 또한 점점 늘어나는 것이 느껴졌다. 그 정도쯤 되니 아이가 나에게 온 것은 어쩌면 나를 성장시키기 위한 신의 선물일지도 모르겠다는 생각이 들었다. 게다가 면역력이 약해서 어릴 때부터 잔병치레가 많았던 나에게 남들보다 일찍 아이가 찾아온 것도 나의 인생 중 가장 체력이 좋은 시기에 아이를 돌보라는 신의 배려가 아니었을까?

요즘도 나는 아이와 함께 공부를 한다. 직장생활을 오래 한 덕분에 워드, 엑셀, 파워포인트는 익숙하게 다룰 줄 아는 내가 아이에게 사무용 프로그램 사용법을 알려 주고, 태블릿을 이용해 그림을 그리는 방법 같은 신기술(?)은 아이가 나에게 가르쳐준다. 국제학교에 다녀 나보다 영어에 능한 아이는 영어를 맡고, 한자어가 많은 우리말은 내가 맡는다. 내가 나이가 들어서 그런지 몰라도 확실히 아이는 나보다 배움이 빠르다. 특히 정보통신 분야의 경우, 아이는 금방 알아듣는 걸 나는 몇 번을 설명해줘도 이해하기 힘들 때가 많다. 그럴 때면 이제 겨우 40대 중반인 나도 이렇게 어렵고 힘든데, '70~80대인 나의 부모님들은 얼마나 어렵고 답답하실까?' 하는 마음이 절로 든다.

그래서 요즘 나는 양가 부모님들께서 스마트폰 사용법에 관해 물으실 때마다 정말 정성껏 알려드리고 있다. 솔직히 1시간이 넘도록 같은 말을 열 번도 넘게 반복하다 보면 성질이 나기도 하지만, 그러고 있는 부모님들 스스로가 더 미안해하신다는 걸 알기에 최대한 친절하게 알려드리려고 하는데, 하루는 그 모습을 옆에서 지켜보던 아이가 "엄마의 인내력 최고!"라며 나에게 박수를 쳐주었다. 스마트폰 화면을 보면서 하나하나 알려드려야 해서 스피커폰으로 통화하느라 옆에 있던 아이도 그걸 다 들었는데, 자기는 너무 답답해서 그냥 포기하고 다음에 직접 해드리겠다고 했을 텐데, 끝까지 포기하지 않는 엄마를 보니까 너무 대단해 보인다는 것이다. 솔직히 나도 처음엔 아이 말대로 중간에 포기하고 싶은 마음이 굴뚝같았다. 하지만 그럴 일이었으면 애초에 전화로 물어보지도 않으실 분들이고, 지금 당장 그 문제가 해결되지 않으면 뭔가 답답한 상황이기 때문에 굳이 전화로 물어보신 거라는 걸 알기에 그럴 수가 없었다. 게다가 그렇게 열 번이든 스무 번이든 나의 설명을 듣고 부모님 스스로 직접 그 문제를 해결하면 나름의 성취감이 크시다는 걸 아니까 더더욱 포기할 수가 없었다. 아이는 아직 이런 마음까지는 생각하지 못하니 나의 인내심이 대단하게 느껴질 법도 하다. 나도 그 나이 때엔 그랬으니까…. 나는 이것 또한 신의 선물이라고 생각한다. 아이를 통해 부모가 되고, 부모가 되니 내 부모의 마음을 더 이해하게 되는 것, 그리고 그런 나를 보며 내 아이가 배우게 되는 이 모든 일련의 과정들이 하나부터 열까지 모두 신의 계획이고, 신의 선물이라는 생각에 오늘도 그저 감사할 뿐이다.

선택의 갈림길에서

아이가 국제대안학교를 다니는 5년 동안 즐거운 추억들이 참 많이 쌓였다. 유치원부터 고등과정까지 있었지만, 전교생이 70명이 채 되지 않았던 소규모의 학교였기 때문에 거의 모든 학생이 서로 잘 알았고, 학부모들을 초대해 진행하는 프로그램도 많다 보니 학교라기보다는 이웃사촌 같은 공동체의 느낌이었다.

처음 입학하고 1~2년 동안은 전 과목을 영어로 수업하는 게 어려워 힘들어하던 아이도 영어가 점점 익숙해지니 오케스트라나 K-Pop 댄스 등 동아리 활동을 즐기는 여유가 생겼고, 방학 때마다 학교에서 진행한 뮤지컬 캠프는 아이에게 또 다른 경험을 선물했다. 아이는 여름이면 필리핀으로 봉사활동을 하러 갔고, 겨울에는 평창으로 스키캠프를 떠났다. 날씨가 좋은 가을에는 지리산으로 체험수업을 나갔고, 봄에는 마라톤으로 체력을 다졌다. 가끔은 해외 명문 대학으로 비전트립을 떠나기도 했고, 근교로 소풍을 다녀오기도 했다. 사실 이런 활동들은 모두 시간과 비용이 들었기 때문에 마음 한편에서는 '이렇게 놀아도 되나?' 하는 불안과 걱정이 들기도 했다.

하지만 학교에서 한 달에 한 번씩 보내주는 소식지에 담긴 아이들의 사진을 보고 있으면 모두가 너무 즐겁고 행복해 보여서 그런 걱정들은 금방 잊어버리곤 했다. 아이는 나의 바람대로 공부는 잘 못해도 절대 주눅 들지 않고 누구보다 즐겁게 학교생활을 하고 있는 것 같았다. 덕분에 나는 내 아이와 비슷한 또래의 아이를 키우며 일반 학교를 보내고 있는 다른 부모들보다 공부 걱정이 적었고, 한국에서 대학입시를 준비하지 않는다면 다른 부모들이 하고 있는 걱정 같은 걸 내가 할 일은 없을 거라고 생각했다. 하지만 나도 역시 '대한민국의 학부모'를 벗어날 수는 없었던 걸까? 코로나19라는 생각지도 못한 복병이 들이닥쳤고, 이것은 나를 다시 커다란 선택의 갈림길에 서게 했다.

40대 중반인 나도 나의 진로에 대한 확신이 없어서 어떤 선택을 하는 게 좋을지 매일 치열하게 고민하는데, 이제 고작 16세 어린

아이에게 '너의 인생이니 네가 선택해야 한다.'라며 무작정 맡겨두자니 내가 너무 무책임한 엄마 같았고, 그렇다고 내가 대신해주자니 내 앞가림 하나 하기도 버거워 자신이 없었다. 하지만 지금의 교육시스템에서는 아이보다는 학부모의 선택과 판단이 더 중요하다는 생각이 들었고, 나는 죽이 되든 밥이 되든 어떤 결단을 내려야만 하는 '엄마'라는 사실을 깨달았다.

다행스럽게도 아이는 지난 5년간 대안학교에서 즐겁고 신나게 잘 논(?) 덕분에 나와 대립하거나 다툴 일이 없었고, 사춘기나 중2병 같은 걸로 나를 괴롭히지도 않았다. 그래서 우리는 서로 충분히 많은 대화를 나눌 수 있었고, 여태까지와는 달리 좀 어렵고 힘들겠지만, 더 공부해 보고 싶고, 도전해 보고 싶은 분야로 나아가는 것에 서로 합의했다. 우리의 합의 중 가장 핵심은 학교를 그만두고 홈스쿨링을 하는 것이었는데, 그건 아이와 나, 우리 모두의 생활 패턴 자체를 바꿔야 하는 아주 큰 일이었다. 홈스쿨링을 시작하며 우리는 하루 24시간을 계속 붙어 있었고, 붙어 있는 시간이 길수록 서로의 허점이 계속 눈에 들어왔다. 그동안 아이와 내가 너무 잘 지낼 수 있었던 건 내가 다른 엄마들보다 더 너그럽다거나 내 아이가 다른 아이들보다 더 착하고 얌전해서가 아니라 그저 우리가 떨어져 있는 시간이 길다 보니, 서로의 단점을 발견할 시간이 부족했기 때문이었다. 그런 사실을 알아 가는 그 시간은 아이와 나 모두에게 몹시 힘든 시간이었다.

　하지만 아픈 만큼 성숙해지듯 우리는 함께 보내는 시간이 길어질수록 서로에게 적응해가는 법을 터득했고, 그러는 사이 아이는 몸도 마음도 훌쩍 자라 마냥 아이 같던 모습에서 어느새 어엿한 사회구성원으로 제 몫을 해내고 있었다. 아직 아이는 우리가 합의한 최종 목표에 도달하지 못했지만, 우리의 선택에는 후회가 없다고 한다. 나에게는 그게 얼마나 다행이고 감사한 일인지 모른다. 그동안 아이에게 힘들고 아픈 시간들이 닥칠 때마다 아이와 함께 내렸던 나의 결단이 잘못된 선택이었을까 봐 얼마나 가슴 졸이며 힘들었는지….

　엄마가 되기 전에는 아이의 인생에 큰 영향을 미칠 수 있는 중요한 선택에 있어 엄마의 책임감이 이렇게 크고, 무거울 거라고는 미처 생각하지 못했다. 그저 옆에서 마음을 써주고, 토닥토닥 다독여 주는 일 정도가 엄마의 역할일 거라고 생각했는데, 그건 그냥 나의 바람이었나 보다. 하지만 한 가지 분명한 건 이 모든 시간을 통해 엄마도 성장한다는 것이다. 한 아이를 성인으로 키워내는 것뿐 아니라 엄마 자신도 좀 더 단단한 어른으로 성장하는 것을 느낀다.

　아직 나의 인생에도 그리고 아이의 인생에도 중요한 선택의 순간들은 너무도 많이 남아 있다. 언제나 우리는 최선의 선택을 하겠지만 그 모든 선택이 항상 좋은 결과를 가져올 거라는 보장은 없다. 하지만 나는 이렇게 마음의 준비를 할 수 있는 것만으로 충분히 내가 단단해졌음을 느낀다. 내 아이도 이런 나를 보며 좀 더 단단한 어른으로 성장할 수 있지 않을까?

슬기로운 엄마 생활

얼마 전 나는 컬러테라피라는 새로운 일을 시작했다. 어릴 때는 컬러테라피라는 말이 무슨 말인지도 몰랐으니 생각해 본 적 없는 일이었고, 성인이 된 이후에도 내가 하게 될 일이라고는 생각해 본 적 없는 일이었다. 그래서 가족들도 친구들도 40대 중반인 내가 컬러테라피를 하겠다고 했을 때 모두 의아해했다. 하지만 내가 왜 이 일을 하려고 하고, 하고 싶어 하는지 설명하면, 다들 고개를 끄덕이며 나에게 잘 맞는 일인 것 같다고 격려해 주었다. 심지어 한 친구는 나도 기억나지 않는 중학교 때의 기억을 떠올리며 "너 그때 기억나? 중2 때 담임 선생님이 '나의 장점 써오기' 숙제 내주셨잖아. 그때 선생님이 네가 해온 거 읽어주셨는데, 네가 뭐라고 썼는지 알아?" 하고 물었다. 기억나지 않는다고 했더니, "'잘 들어준다.'라고 썼잖아~. 드디어 너랑 잘 어울리는 일을 찾았네~." 하며, 새로운 일을 시작하는 나를 축하해 주었다. 중2 때면 30년도 넘게 지난 일인데, 그때 그 장면을 기억하고 있는 친구가 대단하기도 하고, 나를 진심으로 이해해주는 것 같아 더욱 고맙게 느껴졌다.

나는 내담자의 이야기를 경청하겠다는 나의 의지를 담아 사업자명을 '리슨투유(listen to you)'라고 지었다. 사회생활을 하면서도, 아이를 키우면서도 느꼈지만, 누군가의 이야기를 경청하는 일은 참 어려운 일이다. 그저 가만히 듣기만 하는 게 경청이 아니기 때문이다. 나는 내담자가 마음속 깊이 숨겨 두었던 이야기들을 꺼낼 수 있도록 격려하고, 그 이야기 속에서 스스로 치유하는 법을 찾을 수 있도록 돕고 싶었다. 너무 무겁지 않게, 누구나 가볍게 다가올 수 있도록 우리 주변 가까이에 있는 '컬러'라는 소재를 활용하면 좋겠다고 생각했다. 그렇게 컬러테라피라는 새로운 분야의 공부를 시작했고, '리슨투유'라는 이름으로 사업자등록증을 신청했다.

아직 이렇다 할 사업적 성과는 없다. 어쩌면 앞으로도 사람들이 흔히 말하는 사업적인 성공은 못 할지도 모르겠다. 하지만 그렇기 때문에 이 일은 나에게 더욱 의미 있는 일이라고 생각한다. 여태까지의 나는 '공부는 잘 못해도 주눅 들지 않고, 누구보다 즐겁게 학교생활을 하던 친구들'을 부러워만 했을 뿐 실제로 그런 사람이 되지는 못했는데, 지금의 나는 마치 그런 멋진 사람이 된 것 같아 너무 뿌듯하고, 대견하기 때문이다. 그리고 무엇보다 내 아이에게 말뿐이 아닌 직접 행동으로 보여주는 엄마가 된 것 같아 더욱 기쁘다. 물론 아이는 아직 이런 나의 깊은 마음까지 이해할 수 없겠지만, 분명히 언젠가는 알게 되는 날이 올 것이다. 아마 내 아이도 언젠가는 누군가의 아빠가 될 테니까 말이다.

아이가 어릴 때는 먹이고, 입히고, 재우고, 하나부터 열까지 엄마 손이 필요하지 않은 곳이 없어서 몸이 열 개쯤 있었으면 좋겠다고 생각했는데, 아이가 커갈수록 엄마의 손으로 해결할 수 있었던 그때가 참 좋았다는 생각이 들 때가 있다.

아이가 한 살 한 살 나이를 먹을수록 엄마가 열 명쯤 있어도 대신 해결해 줄 수 없는 일들이 많아지기 때문이다. 아이는 그렇게 제 몫을 해내는 어른이 되어 가는 것일 텐데, 그걸 옆에서 지켜보는 엄마의 마음은 참 쉽지가 않다. 쉽지 않은 마음을 이겨내기 위해 내가 선택한 방법은 새로운 것에 몰두하는 것이었다.

그렇게 새로운 공부를 시작했고, 새로운 일을 시작했다. 나의 새로운 도전들은 아이를 키우는 것과는 또 다른 어려움이 있었지만, 반면에 즐거움과 보람도 컸다.

　자녀들이 대학에 입학하거나 취직으로 인해 독립하는 시기에 부모가 느끼는 상실감과 슬픔을 '빈 둥지 증후군'이라고 한다. 이러한 증상은 자녀 양육에 전념하는 전업주부에게서 더 자주 나타난다고 하는데, 특히나 대학입시가 중요한 우리나라에서는 엄마의 역할이 크다 보니, 자녀의 대학입학 이후 찾아온 엄마들의 역할 상실은 큰 슬픔이나 우울감을 초래할 수 있을 것이다.

　물론 요즘은 대학을 졸업한 후에도 경제적으로 자립할 수 없어 부모님과 동거하는 캥거루족 때문에 골치 아픈 부모들도 많지만, 어찌 되었든 간에 자녀가 성인이 되는 시기를 앞둔 엄마라면 나처럼 그동안 마음속에 품고 있던 하고 싶은 일들을 시도해 보라고 권하고 싶다. 그런 시도들 속에서 실패와 좌절을 느낄 수도 있고, 성공과 기쁨을 맛볼 수도 있겠지만, 무엇보다 중요한 것은 그 순간을 만든 건 '엄마'가 아닌 '나'라는 것을 발견하는 것이다.

　엄마의 역할은 눈을 감는 그 날까지 끝나지 않겠지만, 엄마가 한 사람의 '나'로 독립할 수 있을 때, 자녀 또한 엄마의 그늘에서 벗어나 제대로 된 한 사람의 성인으로 독립할 수 있지 않을까? 그런 의미에서 나는 오늘도 나와 엄마의 경계를 넘나들며 슬기로운 하루를 보내고 있다.

글을 쓰고 나서

　'학부모대학'에서 만나 인연을 이어오던 사람들과 책 쓰기 모임을 시작했다. 매주 토요일 밤마다 온라인 화상회의로 만나 2시간씩 각자 써 온 글을 나누며, 우리의 이야기가 한 권의 책이 될 수 있도록 꾸준히 연습했다. 1년이 다 되도록 쓰고, 모으고, 다듬은 글이지만 막상 세상에 내놓으려니 한없이 부족한 것 같아 부끄러운 마음이 앞선다. 아마 혼자 썼다면 컴퓨터 하드 어딘가에 자리만 차지했을 나의 글이 함께 해준 그들 덕분에 이렇게 책이 되었다. 1년 동안 귀한 토요일 밤 시간을 내어준 나의 글쓰기 동료들에게 무한한 감사의 마음을 전한다. 우리의 첫 책이 많은 엄마들의 마음에 가닿길 바란다. '엄마'라는 새로운 타이틀을 얻는 대신 모르는 것 투성인 '육아'라는 세계에 적응하느라 하루하루가 '고군분투'였던 우리의 이야기가 누군가에게는 공감이 되고, 누군가에게는 위로가 되었으면 좋겠다.

이런 맘 저런 맘

펴 낸 날   2022년 03월 18일
2쇄펴낸날 2022년 09월 16일

지 은 이   심정화, 김지수, 지정민, 최정심, 박은조, 김은성
펴 낸 이   이기성
편집팀장   이윤숙
기획편집   서해주, 윤가영, 이지희
표지디자인 서해주
책임마케팅 강보현, 김성욱
펴 낸 곳   도서출판 생각나눔
출판등록   제 2018-000288호
주   소   서울 잔다리로7안길 22, 태성빌딩 3층
전   화   02-325-5100
팩   스   02-325-5101
홈페이지   www. 생각나눔.kr
이 메 일   bookmain@think-book.com

· 책값은 표지 뒷면에 표기되어 있습니다.
  ISBN 979-11-7048-379-3 (03810)